宿敵と発覚した離婚夫婦なのに、次期社長（元夫）から溺愛再婚を情熱的に迫られています

m a r m a l a d e b u n k o

沙紋みら

marmalade bunko
マーマレード文庫

目次

宿敵と発覚した離婚夫婦なのに、次期社長（元夫）から溺愛再婚を情熱的に迫られています

宿敵と発覚した離婚夫婦なのに、
次期社長（元夫）から溺愛再婚を情熱的に迫られています

第一章　手放した愛

「彼氏なら……居るよ」

この発言で優雅にアフタヌーンティーを楽しんでいた女友達の動きがピタリと止まり、大きく見開いた六つの目玉が私を凝視する。

ここは、銀座の老舗高級ホテルのカフェラウンジ。午後三時過ぎの店内は明日から始まるオータムフェアのプレオープンに招待された着飾ったマダム達で満席状態だ。そんな中、驚きと戸惑いの表情で私を見つめている友人達もまた、海外の高級ブランドの洋服やアクセサリーを身につけ、上流階級臭をプンプンさせている。

彼女達は中学から大学まで、ずっと一緒に過ごしてきた同級生。卒業後もたまにこうやって集まっては近況報告をしている仲良し四人組だ……と言いたいところだけれど、私は彼女達を親友だと思ったことはない。そもそも私と彼女達とは住む世界が違う。

私、海道涼葉《かいどうすずは》が通っていた大学は都内でも有名なエスカレーター式の私立の女子校。俗にいうお嬢様学校だったので、蝶よ花よとたっぷり甘やかされて育った裕福な家庭の令嬢が多く、そのぶっ飛んだ金銭感覚と常識離れした思考に何度も驚かされた。ただの居酒屋の娘で一般庶民の私には、ある意味カオスで異世界のような場所だった。ではなぜ、平凡な家庭の私がそんな令嬢ばかりの女子校に通うことになったのか……それは、父親に強く薦められたから。深く考えることなく中学受験をしたのがそもそもの間違い。

当然、学校では浮きまくり、露骨に避けられたりわざと聞こえるように悪口を言われたりと不当な扱いを受けていた。そんな時にたまたまフレンドリーに接してくれたのがこの三人だった。孤立していた私は嬉しくて彼女達のグループに入ったのだが、すぐに後悔することになる。三人共、とにかく自己顕示欲が強く、常に自分中心。時間にルーズで約束は簡単に破る。気まぐれでわがままな彼女達に振り回され、私はストレスが溜まって疲労困憊。今になって思えば、私は彼女達の下婢《かひ》で引き立て役だったのかもしれない。

大学を卒業してからはさすがに付き合いが減ったけれど、縁は切れていない。

この集まりも参加すると言うまでストーカーレベルのしつこさで誘ってくるから仕方なく付き合っているだけで、そろそろフェイドアウトしたいと思っていた。でも、あの孤立していた時に彼女達が声を掛けてくれなかったら、私は学校を辞めていたかもしれない。上辺だけの友達でもそこだけは感謝している。

「ねぇ、涼葉さん、嘘はいけないわ」

そう言って一笑した美晴《みはる》も未だに新幹線以外の電車に乗ったことがない世間知らずの財閥令嬢だ。

「あら、美晴さん、その言い方は失礼よ。涼葉さんだって彼氏くらいできるでしょ」

いつも嫌味ばかり言う代議士の娘、璃子《りこ》が珍しく私の味方をしてくれた。と思ったのだが……。

「それで、お相手は？　有名企業の御曹司？　それとも将来有望なお医者様かしら？　まさか、普通の会社員、なんてことはないですよね？」

「ぐっ……」

璃子は私にそんな立派な彼氏が居るはずないって思っている。だからわざとプレッシャーを掛けるような質問をして様子を窺っているんだ。悔しいけど、璃子の勘は当たってる。いや、それ以前に彼氏なんか居ない。既婚の三人が延々と旦那自慢をした後に『涼葉さんは結婚どころかお付き合いしている男性も居ないんでしょ？　可哀想に』なんて言うから、つい見栄を張ってしまったのだ。

彼女達のやんわりとした暴言には慣れていたし、大抵のことは受け流してきたけれど、なぜかその哀れみの言葉にカチンときた。

私、嘘なんかついて、何やってるんだろう。

愚かな自分に呆れてため息を漏らした時、三人の中で一番プライドが高い社長令嬢の麗奈《れいな》がほくそ笑み、マロンムースを頬張りながら言う。

「別に普通のサラリーマンでもいいじゃない。涼葉さんは私達と違って高望みしていたら彼氏なんてできないもの。私達は涼葉さんの友人なんだから、どんな殿方でも彼氏ができたことを喜んであげないと」

庇う振りをして言葉の端々に皮肉を鏤《ちりば》めるのは麗奈の得意技だ。見た目は童顔で清楚なお嬢様って感じだけれど、性格は最悪。

「あ、そうでしたね。涼葉さん、ごめんなさい。たとえ平凡なサラリーマンでもそれなりに幸せなのよね」

「そうそう。涼葉さんはお相手の家柄とか気にしないでいいから羨ましいわ」

さらりと出た〝家柄〟というワードが私の怒りを増幅させた。

その家柄のせいで私がどんなに苦労してきたか、何も知らないくせに。

「誰が平凡なサラリーマンだって言った？　勝手に決めつけないでくれる？　私の彼氏は超有名企業の重役だよ。将来は社長になるみたいだし、悪いけど、あなた達の旦那より格上だから」

ここまで断言してしまったらもう引き返せない。嘘に嘘を重ね、架空のハイスペ彼氏を作り上げてしまった。私の逆襲を予想していなかった三人は驚きを隠せないって感じで目を白黒させている。その様子が滑稽で初めて優越感に浸った。

嘘をついた罪悪感より長年の鬱憤を晴らすことができた喜びの方が大きい。しかしこの三人が簡単に引き下がるはずもなく……。

「そんな素敵な彼氏なら、一度お会いしたいわ」

美晴の言葉にギョッとする。

「私達は涼葉さんの親友ですもの。ご挨拶しないとね」

「あ、いや、そういうのは気にしないでいいから……」

「あら、随分水臭いこと言うのね。自慢の彼氏なら紹介してもらわないと。本当に私の主人より格上か確かめたいし」

眼光鋭く私を睨む麗奈は完全に苛立っていた。高級飲食店を手広く展開している会社の社長と結婚した麗奈は、自分の旦那が誰より一番優秀だと思っている。

これはちょっとヤバいかも。

「そ、そうだね。近いうちに紹介するよ。でも……彼、忙しいからいつになるか分からないけど」

引きつった笑顔で言葉を濁すと腕時計に視線を向け、慌てて立ち上がる。

「あ、もうこんな時間。店の手伝いがあるから帰るね」

逃げるようにカフェラウンジを出てエレベーターに飛び乗った瞬間、彼女達から解放された安堵感で全身の力が抜ける。が、同時に見栄を張って嘘をついてしまった後悔で胸がチクリと痛んだ。

滑稽なのは私の方だ。あの娘達《こ》と張り合って勝てるはずないのに。

鬱々とした気持ちのままホテルを出て駅がある方向へと歩き出す。

別に地位や名誉を手にした男性に憧れているわけじゃない。たとえ親が薦めた男性とのお見合い結婚だとしても、好きになった男性と結ばれて幸せな結婚生活を送っている三人がちょっぴり羨ましかっただけ。そう、贅沢な暮らしなんか望んでない。慎ましい生活でも全然構わない。愛する男性《ひと》と一緒に生きていけたら、それだけでいいのに……私は八年前、そんな幸せを自ら手放していた。

重い足取りで駅の改札を抜け、ホームへと続く階段を下りて行く。直後、微かな金属音が響き、接近風と共に電車がホームに進入してきた。停車した電車に乗り込むと扉の前に立ち、窓硝子に映る自分の姿をまじまじと見つめる。

私は今年、二十六歳になった。十八歳の頃の私しか知らない彼が今の自分を見たらどう思うだろう。何も変わらないって言うかな？　それとも大人になって少しは綺麗になったって言ってくれるかな？

窓硝子に映る私の顔がはにかむように微笑んでいたが、すぐにその笑みは消え、愁いを帯びた表情に変わっていく。

私は何を期待しているんだろう。別れを告げたのは私の方なのに……そうだ。浮気するような人とあのまま一緒に居ても幸せになんかなれない。それに、もう八年も経つんだ。きっと彼の隣には別の女性が居て、私のことなんか忘れてる。もしかしたら、あの時の浮気相手と結婚してるかもしれない。

そう思っても、こうやって電車に乗っている時、街を歩いている時、つい辺りを見渡してしまう。偶然という奇跡が起こるような気がして。

――この世で一番憎い男性《ひと》は、生涯でただ一度、本気で愛した初恋の男性《ひと》。

「ただいま～」

まだ仕込み中で暖簾《のれん》が出ていない引き戸を開けると、白衣を着た父親、海道清和《きよかず》が真っ赤な顔をして駆け寄って来た。

「おい！　涼葉、これはいったいどういうことだ？」

父親の震える手に握り締められていたのは、雑に封が切られた封筒。

「それって、まさか……」

慌てて父親から封筒を奪い取り差出人を確認すると、予想通り、私がこっそり面接を受けた有名商社の社名が印刷されていた。

「これ、私宛になってるよね。……見たの？」

「ああ見たさ。親が子供宛の郵便物の中を確認して何が悪い？」

父親は一事が万事この調子。こうやって断りもなく私の領域に土足で踏み込んでくる。家族間にプライバシーなど存在しないと思っているんだ。

「あのねぇ、いつも言ってるでしょ？　たとえ親子でもこういうことは許されないの。いい加減理解してよ」

「うるさい！　それより最終選考に合格ってなんだ？　まさかお前、この会社に就職するつもりじゃないだろうな？」

「えっ？　私、合格してたの？」

絶対に不採用だと思っていたのに……。

私が面接を受けた総合商社、ソレイユ物産は日本で一、二を争う総合商社だ。業績好調な上に福利厚生が充実しているので就活生に人気が高く、就職したい企業ナンバーワンに選ばれたこともある。故に就職希望者が多く狭き門と言われていた。

聞くところによると、中途入社の募集は行っておらず、新卒オンリー。ヘッドハンティングされるような優秀で即戦力として期待される者以外は入社が認められない。しかし今年度から会社の方針が変更になり、秋に社会人枠で他の企業で経験を積んだ人材を募集することになったのだ。採用条件は、大卒で三年以上の社会経験がある者。その情報をネットで見た私はかなり迷った。はたして実家の居酒屋の手伝いが社会経験と言えるのだろうかと。でも、どうしても諦めきれず、ダメ元で応募してみた。それがまさかの採用決定。

「こんな有名企業の社員になれるなんて、信じられない」

暫し呆然と採用通知を見つめる。すると父親が「今すぐ断りの電話をしろ」と声を荒らげた。

「はあ？　せっかく合格したのになんで断らなきゃいけないの？」

「涼葉は海道家のひとり娘なんだぞ。将来は婿を取って海道家とこの店を継ぐんだ。お前も分かっているだろ？」

ああ～また始まった。

何かと言えば、私の気持ちを無視して跡を継げと繰り返す父親にいい加減辟易していた。だからソレイユ物産の面接を受けることにしたのだ。仕事が決まれば、この家を出て行ける。

「悪いけど、断る気はないから。家も居酒屋も継がない。それと、婿も取らないからね」

「な、なんてことを……お前は代々続いた海道家をワシらの代で絶やす気か？」

「それもいいんじゃない？」

父親には私のその一言が相当ショックだったようで、顔面蒼白になり小刻みに震えている。

「バカもん！　我が家は偉大な平家一族。由緒正しい武家の血筋だ。お家断絶なんぞになったらご先祖様に申し訳ないだろ！」

これが私を縛り付けてきた〝家柄〟の正体だ。

遥か昔、やんごとなき雅な貴族達が優美で華麗な日々を謳歌していた平安時代。平安京に都を移した平氏の祖と言われている桓武《かんむ》天皇の曾孫にあたる高望王《たかもちおう》が平朝臣《たいらのあそん》という名を賜り、平氏が誕生した。後に壇ノ浦《だんのうら》の戦いで平家が源氏に敗れて平清盛《たいらのきよもり》一門は滅んでしまうのだが、平家全員が亡くなったわけではない。一部は平姓を賜った平氏らと共に落人となって生き延び、平家の血は現代まで脈々と受け継がれてきた。その生き延びた平家一族が私のご先祖様なのだ。

なんでも、平氏には四つの流派があるそうで、ウチは武家貴族と言われた繁盛流《しげもりりゅう》に属する常陸平氏《ひたちへいし》に守られていたということから、身分を隠すために繁盛流の平氏姓〝海道〟を名乗るようになったとか。

私は幼い時からその話を耳にタコができるくらい聞かされてきた。

父親が平家の末裔だということを誇りに思うのは全然構わない。ご先祖様愛、大いに結構。でも、その思いを家族に押しつけるのは勘弁して欲しい。正直、ご先祖様が誰かなんて、私にはそれほど重要なことではないんだから。

「大昔はどうか知らないけど、今はただの居酒屋の親父じゃない。跡継ぎとか、婿養子だとか、もううんざり！　私、採用が決まった会社に就職してこの家を出るから！」

怒りに任せ怒鳴ると、店の奥の扉が開いて母親が顔を覗かせた。

「うるさいねぇ。また喧嘩してるの？」

母親の登場で父親の態度が一変する。

「美奈《みな》ちゃん、聞いてくれ。涼葉が勝手に会社の面接を受けて家を出るって言ってる。美奈ちゃんからもこのバカ娘に一言、言ってやってくれよ～」

両親は結婚して三十年近くになるが父親は未だに母親のことが大好きで、母親の前では甘えん坊の子供のようになってしまう。普段は横柄な父親だけど、母親のことを〝美奈ちゃん〟と呼ぶところはちょっと可愛い。

「一言って？」

「決まってるだろ。就職なんてやめて婿を取って家を継げって」

眉を顰めた母親が「やれやれ」と呟き、大きなため息をつく。

「涼葉は今までお父さんの言う通りに生きてきたでしょ？　そろそろ解放してあげたら？」

母親は父親と違いまともな人だ。ちゃんと私をひとりの人間として見てくれている。

「美奈ちゃんまでそんなことを。ワシは絶対に許さんからな！」

「そんなことより、仕込みは終わったの？　早くしないとお客さんが来ちゃうよ。今日は団体さんの予約が入ってるんでしょ？」

「あっ、そうだった」

上手に話を逸らした母親が父親の背中を押しながら私に店を出るよう目配せする。

これ幸いと、店の奥の扉を開けて階段を駆け上がった。

自室は二階の突き当たり。六畳ほどの部屋は南向きで日当たりは良好。ひとりなら十分な広さだ。が、如何せんクイーンサイズのベッドが鎮座しているので空いているスペースはほんの僅か。基本、メイクと着替え以外はこのベッドの上で過ごしている。

今日もいつものようにベッドに腰を下ろし、大きく伸びをしてそのままコテンと寝転んだ。ふかふかの布団に身体が沈み込むと、無意識に漏れる忘れられない男性《ひと》の名前。

「……愁矢《しゅうや》」

彼と別れると決めるまで私達は毎晩このベッドで一緒に寝ていた。六畳間に不釣り合いなでっかいベッドが置いてある理由は、ここが私と愁矢の寝室だったから。

愁矢は離婚した私の元夫。私達は夫婦だった。


――九年前の九月。

高校生だった私が学校から帰ると新しいアルバイトの男性が店で働いていた。

えっ……男の人？

今まで何人かの学生アルバイトが来てくれていたが、女子学生ばかりで男子学生は初めて。

女子校に通っていた私は同年代の男性と関わることがほぼなく、免疫がなかったのでまともに彼の顔を見ることができず、顔を伏せて店の奥にある自宅入り口に急いだ。

すると、私に気づいた彼が声を掛けてきたのだ。

『ここの娘さん？　俺、瀬古《せこ》愁矢。よろしく』

『かかか、海道……涼葉です。よろしくお願いいたします』

振り返ってめいっぱい頭を下げた後、戸惑いながら少し視線を上げると、彼が優しく微笑んでいた。

わぁ……凄いイケメン。俳優さんみたいだ。

長身の彼は細身だったが白いTシャツから覗く腕は逞しく、程よく日焼けした小麦色の肌は滑らかで艶々。少し長めのサラサラの黒髪と深みのある澄んだ切れ長の瞳が印象的な爽やかな青年だった。

初めて経験する胸が締め付けられるよう感覚。今思えば、あれが恋の始まりだったのかもしれない。

出会った時の瀬古愁矢は二十一歳。私より四つ年上の大学三年生で、ウチの居酒屋に来る前は工事現場でバイトしていたそうだ。その前はビルの夜間警備員。肉体労働系の時給が高い職種を選んできたのは、生きるためにお金が必要だったから。彼に親兄弟はなく、八歳の時から高校卒業まで児童養護施設で育った。成績優秀で特待生制度を使い大学に通っていたから学資は免除されていたけれど、天涯孤独の愁矢は自分で生活費を稼がなきゃいけない。

面接に来た学生に根掘り葉掘り関係ないことまで聞きまくる父親は愁矢の生い立ちを知り不憫に思ったようで、女子学生しか雇わないと決めていたのに初めて男子学生を採用した。そう決めていたのには理由があって、私を極力同年代の男子から遠ざけて接触を断ちたかったからなのだと。これは愁矢と結婚が決まった時、喜んだ父親が泥酔して本心を吐露したことで判明する。

父親は私に婿を取らせて海道家を継がせたいと思っていたので、私に彼氏ができることを何より恐れていた。私が結婚したいと思った相手が長男やひとりっ子で養子に入ることが難しいということになれば、海道家の跡継ぎが居なくなり大変なことになる。実にバカバカしい心配だけど、父親にとっては大問題だったようで、ならば、男子が居ない女子校に通わせるしかないと思ったようだ。

実に安直な考え。でも、何も知らない小学生だった私は制服の可愛さに魅かれ、父親に言われるまま私立の女子校を受験する。見事に合格するも周りはお金持ちの令嬢ばかり。一般庶民の自分とは考え方はもちろん、生活水準も金銭感覚も全く違うことにカルチャーショックを受け、程なく苦悩の日々が始まった。しかし父親の望みは叶い、愁矢と出会うまで私は家族と学校の先生以外、男性と関わることはなかった。

父親の中では愁矢も例外ではなかったらしく、彼がウチの居酒屋でバイトを始めたばかりの頃は警戒していたと言っていた。私が居る店の奥の洗い場に接客担当の愁矢が入ることは固く禁じられていたのだ。一緒に仕事をしていても会話を交わすことはほとんどない。でも、愁矢が気になっていた私は仕事の合間にこっそり店を覗いては、彼の姿を目で追っていた。

愁矢君、今日はいっぱい笑ってる。

彼の笑顔を見るだけで胸がときめいて幸せな気分になった。ほのかな憧れは、確実に恋に変わっていく。

そんな時、偶然、愁矢と話す機会があった。閉店後に店の裏で空き瓶の整理をしていると大きなゴミ袋を持った愁矢が現れ、気さくに声を掛けてきたんだ。

『涼ちゃん、お疲れ～』

『おおお、お疲れ様です』

驚いて直立不動になっている私の肩をポンと叩いた愁矢が爽やかな笑顔を見せる。

当然、男性にそんなことをされたことがなかったから頭の中が真っ白になって完全に舞い上がってしまった。そんな私に彼が聞きたいことがあると言う。

『涼ちゃんさ、時々厨房から俺のこと見てるだろ？』

わわっ！　気づいてたんだ。

『い、いや、そんなことは……気のせいだと思いますけど』

顔が熱い。きっと私の顔は真っ赤だ。

火照った頬を両手で押さえて下を向くと、意外な言葉が返ってきた。

『実はさ、俺も涼ちゃんのことが気になって、手がすくと厨房の方見てたんだ』

『えっ……』

『俺がここでバイトするようになって半年になるけど、大将に厨房に入るなって言われてるから涼ちゃんとは喋ったことないし、仕事終わりのまかないの時もカウンターの端っこ同士で顔も見えないだろ。一度ゆっくり話したいなって思ってたんだ』

彼が自分のことを気に掛けてくれていたと知り、驚いたのと同時に嬉しかった。

もしかして、愁矢君も私のことを？

『あの、どうして私と話したいと思ったんですか？』

ドキドキしながら聞くも、その答えは期待したものではなかった。

『どっちが本当の涼ちゃんなのかなって思ってさ』

えっ？　どういうこと？

『女将さんと喋ってる時の涼ちゃんは素直で明るい娘なのに、大将には攻撃的ですげー怖いじゃん』

あ、それは自覚してる。

『大将は身寄りのない俺のことを心配して何かと世話を焼いてくれる優しい人だ。なのに、どうしてあんなに毛嫌いするんだ？』

『それは……』

口籠もると彼は更に続ける。

『大将さぁ、昨日のまかないも涼ちゃんが好きだからって、親子丼を一生懸命作ってた。でも涼ちゃんは食べ終わると何も言わずにさっさと席を立って……大将、寂しそうな顔してたぞ』

愁矢君は本当のお父さんを知らないからそんなこと言うんだ。

眉を寄せてぐっと唇を噛むと、薄暗い蛍光灯の光に照らされた愁矢が微苦笑する。

その表情はどこか寂しげで、なぜか胸がぎゅっと締め付けられた。

『俺、家族が居ないからかな……大将や女将さんが居るこの店に来ると、なんか親が居る実家に帰って来たみたいでホッとするんだ。特に父親は顔も知らないから大将みたいな人が父親だったらいいなって思うことがある』

『あんなお父さんだと苦労しますよ。頑固で自分勝手ですから』

実際、私は苦労している。

『まあ、確かに自分勝手なところはあるけど、俺には親みたいな存在だ。あ、大将や女将さんが親なら、涼ちゃんは妹ってことになるな』

私は妹か……。

気になる異性に妹と言われてもあまり嬉しくない。でも、こうやって彼と話ができたことは大進歩だ。

愁矢はゴミ袋を置くと『親子丼、たまには美味しいって言ってやれば？』と微笑んで店の中に入って行った。

それから居酒屋の仕事が終わると店の裏で数分立ち話をするようになり、彼との距離がぐっと縮まったような気がする。でも、愁矢にとって私はあくまでも妹で、恋愛対象ではない。なのに、彼への想いは日に日に大きくなっていく。

そんな時、まかないにまた親子丼が出た。

たまにはいいか。

親子丼を食べ終えると隣の父親に『お父さん、美味しかった。ご馳走様』と声を掛ける。すると父親の表情がパッと明るくなった。

『お、おお、そうか。旨かったか。また作ってやるからな。でも、涼葉がそんなこと言うなんて珍しいな。どうした？』

『愁矢君に言われたの。美味しかったらちゃんと伝えた方がいいって』

立ち上がって愁矢をちらりと見ると、親子丼を食べながら満足げに微笑んでいる。

そんな彼を父親が驚いた表情で凝視していた。

『愁矢がそんなことを？』

素直になったのは愁矢の気を引きたいという下心があったからで、父親と仲よくしようなんて気持ちはさらさらなかった。でも、その日の親子丼は本当に美味しかったから……。

このことがきっかけだったのか、翌日から父親の言動に変化が現れた。

『なあ、愁矢、涼葉の期末試験が近いから勉強を見てやってくれないか？』

無駄にデカい父親の声は洗い場まで聞こえてきて、動揺した私は危うく徳利を落としそうになる。

お父さんたら、急にどうしたの？

耳を澄ますと愁矢の戸惑う声が聞こえてきた。

『俺が涼ちゃんの家庭教師を？　別にいいですけど、店の方は俺が抜けて大丈夫なんですか？』

『美奈ちゃんも居るし、大丈夫だ。今日から早めに仕事を上がって教えてやってくれ。もちろんその間の時給もちゃんと払うからな』

父親の真意が分からず困惑するも喜びの感情の方が勝ってしまいニヤニヤが止まらない。

それから期末試験までの一週間、愁矢は私の家庭教師になり、勉強を見てくれた。一時間程の短い時間だったけれど、大好きな彼と私の部屋でふたりっきり。おまけに店の営業が終わると父親がわざわざまかないを部屋まで運んできてくれるのだ。

『おっ！　頑張ってるな。今日の夜食は愁矢が好きな唐揚げだぞ』

『マジですか？　大将の唐揚げ最高に旨いんですよ。有難うございます』

『うんうん、涼葉のこと、頼んだぞ』

鼻歌を歌いながら部屋を出て行く父親の背中を見つめ『気味が悪い』と呟くと、愁矢がくすりと笑う。

『涼ちゃんは大将が怒鳴っても優しくても文句を言うんだな』

『だって、今までのお父さんと全然違うから』

絶対に何か企んでいると断言するも、愁矢は私の訴えより大好物の唐揚げに夢中だ。

あっという間に平らげ、満足げに口角を上げるとようやく口を開く。

『俺は大将に認めてもらえたような気がして嬉しいけどな。涼ちゃんは大将が俺に家庭教師を頼んだこと、不満なのか？』

『不満だなんて……愁矢君の教え方、凄く分かりやすいし、それに……』

『それに？』

『えっと、愁矢君と一緒に居られるの、嬉しい』

思わず本音が漏れ、大いに焦る。

『あ、ははっ……変なこと言って、ごめんなさい』

動揺しつつも笑って誤魔化し、意味もなく教科書をペラペラ捲っていると、彼の大きな手が私の頭をふわりと撫でた。

『俺も涼ちゃんと一緒に居られて嬉しいよ』

愁矢にとって私は妹のような存在で恋愛対象ではない——ずっとそう思っていたから今の言葉は何より嬉しかった。だから、確かめずにはいられない。

『妹みたいだからですか？』

愁矢の目を真っすぐ見つめ問うと、真顔になった彼が焦げるような熱っぽい視線を私に向ける。

『今は、妹じゃない』

耳に響く低く擦れた声と前髪から覗く清く澄んだ双眼が私の胸を高鳴らせた。

『えっ？　じゃあ、私は……愁矢君の何？』

問い掛けた時、階段を駆け上がってくる足音が聞こえ、部屋のドアが豪快に開く。

『唐揚げのおかわりを持って来てやったぞ！』

私達を包んでいた甘い空気は父親の登場でどこかに吹っ飛んでしまい、結局、愁矢の答えを聞くことはできなかった。更に翌日が期末試験最終日だったから期間限定の家庭教師は終了。もやもやが募り眠れない夜が続く。

だが、予想もしていなかった展開が待っていた。それは、唐突に告げられた父親の驚きの提案。

『お父さん、今……なんて言ったの？』

まかないの天ぷらうどんを食べ終えた直後のこと。父親がお茶をすすりながらさらっと言う。

『だから、愁矢と結婚しろって言ったんだ』

愁矢君と私が……結婚？

驚き過ぎて一瞬、意識が飛んだ。ような気がした。

『な、何言ってるの？　悪い冗談はやめてよ』

『バカ、こんなこと冗談で言えるわけないだろ？　涼葉は愁矢を婿に取ってこの海道家を継ぐんだ。愁矢もそれでいいと言っとる』

『嘘……』

先にまかないを食べ終えてカウンターの中で片づけをしていた愁矢の方に視線を向けると、柔らかい笑みを浮かべてこくりと頷く。

『今日、店に来た時、大将に聞かれたんだ。涼ちゃんと結婚して婿養子になる気はないかって』

『そ、それで、愁矢君はなんて答えたの？』

『いいですよって』

これまた、なんの躊躇いもなくさらっと言うから開いた口が塞がらない。

『そんな簡単に……私と愁矢君は付き合ってもないのに、いきなり結婚だなんてあり得ないでしょ？』

そう、結婚は後の人生に大きな影響を与える重大な決断だ。故に慎重な検討と準備が必要であり、相手との信頼やコミュニケーションが重要なのだと学校の家庭科の授業で習ったばかり。「明日、映画に行く?」みたいな軽いノリでするようなものではないのだ。

『なんだ? 涼葉は愁矢のことが好きじゃないのか?』

『ぐっ……』

お父さんったら痛いところを突いてくる。そりゃあ、愁矢君のことは大好きだよ。できることなら彼の彼女になりたい。付き合いたいと思っていたけど、まさか全ての過程をすっ飛ばして結婚だなんて。

『私も愁矢君もまだ学生だし……』

『それはちゃんと考えてるさ。入籍は、お前達が高校と大学を卒業する来年の三月。なっ? それならいいだろ?』

ということは、私は大学に行かなくていいってこと?

エスカレーター式の高校だから付属の大学に進学予定だったけれど、内心はあの異世界のような女の園にはうんざりしていた。なので、二年生の秋、意を決して父親に他の大学を受験したいと懇願したのだが、速攻で却下される。

父親は私があの有名女子校に通っていることが自慢だった。法事なんかで親戚の集まりがあるといつも私のことを誇らしげに話していたもの。だから付属の大学に行く以外選択枠はないと諦めていたけど、結婚したら進学しなくていいかもしれない。それに、やっぱり私は愁矢君が好き。彼と一緒に暮らせるなら養子でもなんでもいい。

しかしその前に愁矢とちゃんと話がしたいと思った。

もし、お父さんに無理やり結婚を承諾させられていたら……私と本気で結婚したいと思っていなかったら……彼の本心が知りたかったのだ。

二階の自室に愁矢を呼び、真意を問う。

『愁矢君は本当に私と結婚してもいいって思ってるの？　正直に答えて』

真顔で迫ると、ローテーブルを挟んで対面に座っている彼が即答した。

『いくら世話になった大将に言われたからって、好きでもない女と結婚するなんて言わないよ』

『えっ、じゃあ、愁矢君は本当に私のことを？』

『前にも言ったろ？　涼ちゃんはもうずっと前から妹じゃない。特別なひとりの女だった』

そう言った愁矢の眼差しはとても温かくて、胸の奥の一番柔らかい部分を射貫かれたような甘い衝撃が走る。

こんなことってある？　出来過ぎの恋愛ドラマみたいだ。

『ドッキリじゃ……ないよね？』

恐々聞くと、愁矢も父親から私と結婚する気はないかと聞かれた時、同じようなことを思ったのだと破顔する。

『大将が後でドッキリだって言っても、もう遅い。俺はもうその気になっちまったんだからな』

愁矢が本気だと分かり、嬉しくて熱いものが込み上げてきた。

『あ、あぁあ……』

声が震えて言葉にならない。すると、身を乗り出した愁矢が右手の親指で零れ落ちた涙を拭い、額をコツンと合わせて低く通る声で言う。

『結婚しよう……』

十七年生きてきた中で、一番幸せな瞬間だった。

そして翌年の三月。私が高校を卒業した次の日に婚姻届を提出し、瀬古愁矢は海道愁矢になった。同時に私の両親と養子縁組をしたので私と同じ実子扱いになり、相続権も発生する。これは、快く婿養子になってくれた愁矢への父親の最大限の感謝の気持ちだった。でも、我が家には、築三十年の店舗兼自宅以外に財産などない。それでも愁矢は喜んでいた。本当の家族になれたことが嬉しいと。天涯孤独の彼にとって一番欲しかったのは家族だったんだ。

初恋の男性《ひと》と結婚した私は間違いなく幸せで、不満などあるはずがない。ただひとつのことを除いては。

結婚をすれば大学に行かずに済むと思っていたのに、四月から付属の大学に進学することになってしまったのだ。

父親に進学辞退を反対されたからじゃない。愁矢に大学に行った方がいいと言われたから。

『涼ちゃんが将来何かやりたいことができた時、その条件が大卒だったらどうする？スタートラインにも立てないんだぞ』

『大丈夫。私は主婦になるんだし、これから先、やりたいことなんて出てこないよ』

そう、愁矢と一緒に居ることが私の幸せだと思っていたから……。

『今はそうかもしれないが、先のことは分からない。無駄だと思っても大学は出ておいた方がいい』

この調子で一晩説得され、渋々折れて大学に進学することにしたのだけれど、そのお陰で八年後、私はソレイユ物産の面接を受けることができた。もしあの時、愁矢の言うことを聞かず大学に行かなかったらスタートラインにも立てなかったんだ。でも、あのまま幸せな日々が続いていたら面接を受けて就職する必要なんてなかったんだよね。そう、あの幸せが続いていたら――。


生まれて初めて触れた唇は柔らかくて温かかった。

場所は私の自室だった六畳間のベッドの上。私達にとって、今夜は夫婦になって初めて共に迎えた夜。初夜だった。

寝心地のいいふかふかのベッドは父親からの結婚祝い。ただ、サイズを間違えて注文したせいで大きなクイーンサイズのベッドが届き、部屋のほとんどがベッドに占領されている。

結婚が決まった後も私と愁矢は清い関係のままだったから、このキスが正真正銘、私のファーストキスだった。肌の表面を掠めるだけの軽いキスだったけれど、初めてそれを受け入れた私はあり得ないくらい緊張して、生まれたての小鹿のようにプルプル震えていた。

『そんなに緊張しなくても大丈夫だから……』

間接照明に照らされた愁矢の顔が微かに綻び、形のいい薄めの唇が重なっては離れていく。本当にゆっくり、私を気遣いながら交わされる優しいキス。

そのお陰で身体の緊張は徐々に解れ、熱い吐息と共に唇を割って侵入してきた愁矢の舌も戸惑うことなく受け入れることができた。尖った硬い舌は歯列をなぞり、ぎこちなく喉の奥に引っ込んでいた私の舌を搦め捕って吸い上げる。

『あ、ふっ……』

身体の奥深くでポッと火が点いたような気がした瞬間、その熱が一気に全身に広がり、緊張で冷たくなっていた四肢の末端に伝わって行くのがはっきり分かった。

何？　この疼くような感覚。凄く熱い……。

その頃には、彼の唇は私の頬を滑り落ち、耳朶を甘噛みして唾液で濡れた耳孔に舌を這わせていた。そして糖度たっぷりの甘やかな声が私の鼓膜を揺らす。

『涼……可愛い。好きだよ』

身体がビクンと跳ねたのは、くすぐったかったからだけじゃない。愁矢の大きな掌が私の胸を包むように覆ったから。

彼は片手で器用にパジャマのボタンを外しながら胸元に何度も唇を押し当てる。程なく身に着けていたものは全てベッドの下へと落とされた。

愁矢に抱かれるのは嬉しいけど、やっぱり……怖い。

これから自身に起こることへの期待と不安で心臓の鼓動が速くなり、呼吸も乱れて触れられている胸が大きく上下する。しかし時間を掛けた優しい愛撫のお陰で身も心も十分に解きほぐされ、想像していたような苦痛を感じることはほとんどなかった。

——これが抱かれるということ。愛されるということなんだ。

余韻に浸りつつ上気した頬を愛しい人の胸に押し当て、まだ熱く火照った彼の身体をぎゅっと抱き締める。

『さっき、涼って呼んでくれたよね？』

『そうだっけ？』

『もう～覚えてないの？　あ、私も愁矢って呼んでいいかな？』

『ああ、構わないよ』

この夜、何も知らない無垢だった十八歳の少女と、孤独な二十二歳の青年は真の夫婦になった。

——結婚して二ヶ月。相変わらず大学はつまらなかったけれど、家では平穏で幸せな日々を過ごしていた。今、家族の一番の関心事は、私と愁矢の結婚式。

その日は店の定休日だったので、大学から帰った私は一階の居間で両親とブライダル雑誌を眺めながら結婚式の相談をしていた。

式場は父親のたっての希望で両親が式を挙げた平氏由来の都内の神社で行われることになった。私はチャペルの結婚式がよかったんだけど、愁矢と結婚できたのは父親が半ば強引に話を進めてくれたお陰だし、愁矢も『これも親孝行だ。大将の言う通りしよう』と言うので、仕方なく和装での式を承諾した。その代わり披露宴は神社近くのホテルで行うということで話が纏まり、憧れだったウエディングドレスも着ることができる。ただ、現在その神社が大規模改装中のため、挙式は工事が終了する八月以降になる予定だ。

『久しぶりに平氏一族が集結するんだ。楽しみだなぁ～』

『えぇ～！　あの酒癖の悪いおじさん達も呼ぶの？』

『当たり前だろ？　世が世なら、涼葉は平家の姫君だ。一族全員で祝うのは当然のこと。皆喜ぶぞ』

そう言われても全然嬉しくない。皆、お父さんみたいな平氏万歳のおっさんばかりなんだもん。

『で、披露宴の招待客は何人くらいになりそうなの？』

『そうだなぁ～ざっと数えて二百人くらいになるか』

おっさんが二百人も？　と、ギョッとした直後、背後から困惑した声が聞こえた。

『そんなに多いんですか？』

振り返ると、用事があると出かけていた愁矢が呆然と立ち竦んでいる。

『んっ？　多かったらなんか問題があるのか？』

父親の質問に愁矢が言いにくそうに目を伏せた。

『あ、いや、俺にはそんな大勢の人を呼べるだけの貯金はないし』

愁矢は結婚式の費用は自分が支払うのだと思っていたようだ。

『ははは……誰が愁矢に出せと言った？　結婚式の費用はワシが出す。心配するな』

『でも、大将には結婚祝いで立派なベッドを買ってもらいましたし、女将さんにはお揃いの結婚指輪をプレゼントしてもらいました。その上、結婚式の費用まで……』

恐縮しまくっている愁矢の背中を呵呵大笑した両親がふたり揃ってバシバシ叩いている。

『バカだねぇ～。愁矢は私達の大事な息子なんだから、もっと甘えていいんだよ』

『……女将さん』

『そうそう！　美奈ちゃんの言う通りだ。涼葉みたいに反抗的なのは困るが、甘えられるのは大歓迎だ』

無言で何度も頭を下げる愁矢の瞳が少し潤んでいるように見えた。

その日を境になんとなく愁矢の様子が変わったような気がする。ふたりで居ても常に何か考えているようで、時折大きなため息をついていた。

気になって声を掛けるも『なんでもない』と笑顔を見せる。けれど、私が夜中にふと目を覚ますと眠れないのか、隣で何度も寝返りを打っていた。

『何か悩み事があるの？』

今日こそはちゃんと愁矢の話を聞こう——そう決め、広い背中に触れ問うと、振り返った愁矢がまた微笑んで首を振る。

『悩み？　そんなのあるわけないだろ？』

『でも……』

『俺は涼と結婚して幸せだ。悩みなんてないよ』

胸に引き寄せられ、彼の温もりに包まれると……ダメだ。決意が揺らいで何も言えなくなってしまう。

『ほら、もう寝るぞ。寝坊したら大変だ』

そうだった。愁矢の朝は早い。寝かせてあげなきゃ。話ならいつでもできる。

愁矢の一日は、早朝、父親と市場に行くことから始まる。食材の仕入れをするためだ。市場から帰るとすぐに魚をさばいたり時間がかかる料理の下ごしらえして、店の掃除。その後はお酒や備品などの在庫の確認と発注。仕込みが始まるまでの空いた時間は母親の家事の手伝いをしていた。だが、最近は昼食を済ませると行き先を告げず出かけることが多くなったらしい。

午前の雑用が終われば、唯一の自由時間なのだから愁矢の好きなように過ごしてもらって全然構わない。だから母親からそのことを聞いた時も特に気にしていなかった。でも、滅多に取れないふたりだけの時間より優先されると、どこに行って何をしているんだろうと気になりだす。

たまたま必修の講義が教授の都合で休講になり、大学に行くのが午後からになった時、久しぶりにふたりでランチをしようと誘っても大事な用事があると出かけて行った。帰って来たのは店の仕込みが始まる直前。どこに行っていたのかと尋ねても話をはぐらかし答えない。夜も疲れたと言って会話もなく、すぐに寝てしまう。

愁矢、どうしちゃったんだろう。

なんの説明もないままそんな放ったらかし状態が数ヶ月続き、さすがに我慢の限界。

――そして、とうとう私達は……。

いつものように夕方に帰って来た愁矢のTシャツから漂ってきたのは、甘い香水の香り。

この香りは……そうだ。社長令嬢の麗奈がつけていたのと同じ香水だ。ということは、この香りの主も麗奈みたいなブランド好きの女性？

でも、この時の私はまだ、彼を信じようとしていた。

たまたまなのかもしれない。例えば、満員電車で隣の女性と身体が触れて香りが移ったとか……うん、そうだ。愁矢が浮気なんかするはずがない。

必死に自分に言い聞かせるも、二日後も彼は同じ香りを纏い帰って来た。しかも、いつもより遅い時間に。

その日は両親が町内会の一泊二日の慰安旅行に出かけていたので店は臨時休業。そして愁矢の二十三歳の誕生日だった。なので、こっそり青山のフレンチレストランを予約してお祝いしようと思っていたのに愁矢はなかなか帰って来ない。電話をしても出ないし、メッセージも既読にならずで、泣く泣くレストランにキャンセルの連絡を入れた。それから一時間後、ようやく愁矢が帰って来た。

『ねえ、愁矢、お昼ご飯食べた後、毎日どこ行ってるの？』

堪らず聞くが納得できるような答えは返ってこない。

『大学時代の友人と会っていたんだ』

『平日の昼間に？　その友達は仕事してないの？』

『俺と同じで夜に仕事しているんだ。暇だから付き合えって言われて断るのもなんだし、今日はお互い仕事が休みだったから夕飯も一緒に食ってきた』

下手な嘘だなって思った。こんな分かりやすい嘘までついて、愁矢が隠したいこと。それは多分……。

『愁矢の親友なら私も会ってみたい。あ、そうだ！　今から電話して挨拶しようかな？　主人がお世話になっていますって』

一瞬、彼の瞳の奥が微かに揺れたような気がした。

『そんなことは……しなくていい』

強張った愁矢の顔から焦りの色が見て取れる。明らかに彼は動揺した。私の中で疑惑は確信へと変わっていく。

『どうして？　私は愁矢の妻なんだよ。愁矢にどんな友達が居るのか知りたいって思うのは当然のことでしょ？』

愁矢を疑っていたけれど、本当はね、信じたかった。信じさせて欲しかったんだよ。でも……。

『たとえ夫婦でも、全てを共有する必要はない』

『えっ……』

『涼だって、結婚して半年になるけど、自分の友達を俺に紹介したことないだろ？』

確かにそうだ。でもそれは……。

私はまだ、大学の友人に結婚したことを言ってなかった。理由は、彼女達に愁矢を会わせたくなかったから。裕福な家庭で育ったあの娘達は私と違って洗練されていてとても綺麗だ。いつもキラキラ輝いていて自信に満ち溢れている。あの娘達と居ると平凡な私は完全に見劣りして霞んでしまう。それが分かっていたから……大好きな愁矢にそんな惨めな自分を見られたくなかった。

ううん。それだけじゃない。愁い事はまだある。愁矢は誰が見ても納得のイケメンだ。欲しいものはどんな手を使ってでも必ず手に入れようとする彼女達に会わせたら、愁矢を取られてしまうかもしれない。特に麗奈は要注意だ。好きになったら相手に彼女が居ても平気で誘惑するような娘だもの。実際、高校の時に仲がよかった同じクラスの娘の彼氏を誘惑して奪っている。

あの頃の私は本気で心配していたけれど、今思えば、いくらイケメンでも貧乏学生だった愁矢に地位や名誉が大好きな麗奈が興味を持つなんてことはなかっただろう。

だけど、当時の私はそんな心配をするくらい愁矢のことが大切で大好きだった。なのに、彼は結婚したばかりの私を放ったらかしにして他の女性と……。

可愛さ余って憎さ百倍とはよく言ったものだ。自分の不貞を棚に上げ、お互い様だと言う愁矢に怒りが込み上げてきて、つい心にもないことを言ってしまう。

『私の大学の友達は皆凄いお金持ちの家の娘で、付き合っている彼氏も親が社長だったり、お医者さんだったり、立派な職業の人ばかりなの。そんな娘達に愁矢を会わせられない』

『それは、つまり……親が居なくて貧しかった俺は恥ずかしくて紹介できないってことか？』

違う。そうじゃない。親の職業や社会的地位なんてどうでもいいの。私は愁矢が居てくれたらそれでいい。貧しくたって構わない。贅沢ができなくても全然平気。ただ、愛されたかった。私だけを見て欲しかっただけなのに……。

幼さ故の悲劇――だったのかもしれない。悟って欲しいという他人任せで甘い考えの私と、言われた言葉をストレートに受け取る愁矢。一度狂ってしまった歯車が噛み合うことはなかった。

『私、愁矢と居ても幸せになれない！』

意地っ張りなところは、間違いなく父親似だ。

『俺じゃ、ダメってことか？』

苦悩に充ちた顔。こんな辛そうな愁矢を見るのは初めて。

自分がどれだけ酷いことを言っているのか自覚はあったけれど、怒りと悲しみ、そして甘い香りへの嫉妬で冷静さを失った私は取り返しのつかない言葉を吐き出し、自ら幸せを手放した。

『結婚したばっかでこんなだったら、先が思いやられるね。離婚……しよ』

『本気で言ってるのか？』

『本気だよ。愁矢が私と結婚したのは、お父さんに言われたからなんでしょ？　私のお父さんを本当の父親みたいに慕ってた愁矢と、婿養子を取って家を継いで欲しかったお父さん。ふたりの思惑が一致してこの結婚が決まった。巻き込まれた私はいい迷惑だよ』

『迷惑？　そうか、涼はそんな風に思っていたんだな』

大きなため息をついた愁矢がクローゼットからキャリーバッグを取り出し、自分の荷物を入れ始める。

『――出て行くよ』

えっ……。

離婚を切り出したのは私の方なのにその一言を聞いた瞬間、雷に打たれたような衝撃が走り身体が震えた。

意地を張らずに本当の気持ちを伝えたら、今ならまだ間に合うかも……と思ったが、喉が詰まって言葉が出てこない。

ああ……どうしよう。愁矢が出て行っちゃう。

『しゅ、しゅう……や』

ようやく声を絞り出して彼の名を呼ぶも、愁矢は既にドアノブに手を掛けていた。

待って。行かないで……愁矢。

ドアを開けた彼を追おうとした時、愁矢が振り返り、やっと聞き取れるくらいの小さな声で言った。

『涼、幸せにしてやれなくて……ごめん』

そこから先は記憶が曖昧でよく覚えていない。正気に戻ったのは、慰安旅行から帰った父親がお土産を持ってきてくれた時。

『お父さん、夫婦って、簡単に壊れちゃうものなんだね。愁矢が出て行っちゃった』

『はあ？　何言ってんだ？　ったく、喧嘩でもしたのか？』

父親は愁矢が出て行くわけがないと笑っていたが、彼が家に戻って来ることはなかった。そして三日後、私宛に届いた白い封筒の中に愁矢の署名捺印された離婚届が入っていた。絶句する父親と呆然とする母親。愁矢を本当の息子のように可愛がっていたふたりの動揺は相当なもので、同封されていた自分達への手紙を読み号泣していた。その手紙には長々と感謝の言葉が綴られていたけれど、私には【涼、幸せになってくれ】という一言のみ。

既に愁矢の心は私から離れている。きっと、あの甘い香りの女性《ひと》のところに行ったんだ。

離婚届と差出人の住所が書かれていない封筒を眺め、そう察した私は両親が止めるのも聞かず、その離婚届に自分の名前を書き、区役所に提出した。受付の人から受理されたと言われた時のことは今でも鮮明に覚えている。

途轍もない喪失感と強烈な失望感に耐えきれず、人目も憚らず泣き崩れてしまった。そしてその日から一週間、大学を休んで朝から晩までずっと泣いていた。彼に愛された思い出が詰まったベッドの上で泣いて、泣いて、涙が枯れるくらい泣いて、ようやく心に区切りをつけたつもりだったけれど、呆気なく終わってしまった僅か半年足らずの結婚生活がその後の私の人生に大きく影響を与えることになるとは思ってもいなかった。

愁矢と別れて八年、私は恋をしていない。誰も好きになれないんだ。不意に脳裏を過る愁矢の面影が私の心にブレーキを掛ける。そんな自分を変えたかったからソレイユ物産の面接を受けたのに……。

「お父さんのバカ！」

枕を父親に見立てて右ストレートを食らわすと、廊下の方から私の名を呼ぶ母親の声が聞こえ、部屋のドアが開く。

「涼葉、本当に就職してこの家を出て行くつもりなの？」

心配そうに私を見る母親の顔が視界に入ると急にテンションが下がり、罪悪感で胸がチクリと痛んだ。

「あ、うん、そうしようと思ってるんだけど、お母さんは反対？」

「涼葉がそうしたいと言うなら仕方ないね。反対はしないよ」

さすがお母さんだ。分からず屋のお父さんとは大違い。と喜んだのだが……。

「ソレイユ物産は誰でも知ってる大企業だからね、社会勉強のためにも就職するのはいい。でも、家を出るのはもう少し様子を見てからだよ」

母親は、今までウチの居酒屋でしか働いたことのない私のことを心配していた。就職しても会社に馴染めず、すぐに辞めたいと言い出すんじゃないかって。

「一年だよ。仕事が一年続いたら涼葉が独り暮らしをするのを認めてあげる。その条件でお父さんも納得してくれたんだから。いいね？」

「えっ……お父さんが許してくれたの？」

「ふふっ、渋々だけどね」

私が店を出た後、母親は私がソレイユ物産に入社できるよう父親を説得してくれていたのだ。

一年はちょっと長いけど、ここはお母さんの言う通りにするしかないか。

「お母さん、有難う。私、頑張るから」

第二章　再燃した愛

『本日付けで事業企画課に配属になりました。海道涼葉です。よろしくお願いいたします』

念願叶ってソレイユ物産に無事入社した私は、一週間の研修を終え、企画部、事業企画課に配属された。でも、この人事は予想外。募集は一般事務職だったのに、研修最終日に企画課を打診されたのだ。

それも事業企画課だなんて……。

事業企画課は会社の方向性を決め、経営戦略立案を担う場。数ある部署の中でも注目度が高く、優秀な人材が多く活躍する重要なポジションだ。

主な仕事内容は、自社の収益を増やすためにどのような事業を立ち上げ、どの企業に投資するかを立案し、進捗管理をする。平たく言えば、これから投資や取引する企業を決定したり、新分野の開拓など。会社の今後を決める責任が重い部署なのだ。

教養重視だったお嬢様大学出身の私が務まるんだろうか？

配属初日から既に挫折しかかっていたけれど、これが自分を変える第一歩だと思い気持ちを奮い立たせる。しかし一ヶ月経っても場の空気に慣れるのと仕事を覚えるのに必死で全く余裕がない。

「はーっ、やっぱり私、この仕事向いてないのかもしれません」

仕事終わりに立ち寄ったカフェで弱音を吐くと、目の前に座っている同じ部の女性社員、蓮沼摩耶《はすぬままや》さんがくすりと笑う。

彼女とはデスクが隣同士で、話しているうちに同い年だと分かり、一気に親しくなった。

「大丈夫。海道さんはよくやってるって。少なくても今年の四月に配属されてすぐ辞めちゃった新卒の新人より頑張ってるもの」

すぐに辞めた人と比べられてもなぁ～素直に喜べないよ。

「それに、私が新人だった時より優秀だよ」

それは言い過ぎだ。蓮沼さんは最難関校出身の才女。事業企画課では他の男性社員より課長に信頼され、頼りにされている。そんな蓮沼さんより私が優秀だなんてあり得ない。

「あ～っ！　今、私が嘘ついたって思ったでしょ？」

「えっ、いや……はい」

「私ね、入社して三ヶ月くらいは失敗ばかりで、毎日辞めたいって思ってたんだ。でも、部の先輩社員に『いい大学を出て勉強ができても仕事ができるとは限らない』って嫌味を言われてね。絶対にこいつを見返しやるって思ったの。その先輩は二年前に部署異動で居なくなっちゃったけど」

蓮沼さんは、慣れない仕事を必死に頑張っている私の姿がその頃の自分と重なるのだと懐かしそうに微笑む。

「海道さんも何か意地になってること、ある？」

「意地になってることですか……そうですねぇ。とりあえず、仕事を一年頑張って父親に独り暮らしを認めさせること、かな」

なんだか不思議な気分だった。同年代の女性とこんな風に肩肘張らず素直に会話ができたのはいつ以来だろう。だからなのか、今まで誰にも言っていなかった家庭事情や自分の過去を話してしまった。

「へぇ～海道さんって、平家の末裔でバツイチなんだ！　なんか、色々凄いね」

「全然凄くないですよ。千年以上前のご先祖様に興味はないし、離婚なんて経験しなくていいことですから」

「で、その元旦那さんとは、それっきり？」

「はい、多分、もう結婚して幸せに暮らしていると思います」

さすがに今でも気になっているとは言えず、わざと吹っ切れたような明るい声で言うも、蓮沼さんは私の心を見透かしているような切なげな表情で緩く口角を上げる。

「彼が運命の人なら、きっとまた会えるよ」

愁矢が……運命の人？

それはないと否定したけれど、彼女の言葉が胸に大きく響いた。


——二ヶ月後。

なんとか私はまだ、事業企画課で頑張っている。

「海道さん、午後三時からの会議は一時半に変更になったから。資料が揃ったら、十八階の第七会議室に持っていってくれる？」

えっ？　一時間半も前倒し？

主任の言葉に驚き慌てて立ち上がると、隣の蓮沼さんが小声で言う。

「主任が会議室の予約入れるの忘れてて、その時間しか空いてなかったみたいだよ」

主任のミスでも会議が始まるまでに全ての資料を揃えなければ私のミスになる。

最近はペーパーレス化が進みタブレットなどを活用することが多くなったと聞くが、部長以上の役職者が出席する会議は未だに紙の資料を要求される。

重要な経営戦略会議だ。なんとしても間に合わせないと。

蓮沼さんにフォローしてもらって資料を揃え、事業企画課を飛び出す。

「わっ！　もう五分しかない。えっと、十八階の第七会議室だったよね」

エレベーターのボタンを連打しながら扉の上の点滅する数字を凝視するが、こんな時に限って下の階で停まっているようでなかなか動かない。焦って扉の前で足踏みしていると、やっと到着音が鳴って扉が開いた。

会議の開始時間しか頭になかった私は誰も乗っていない前提で勢いよくエレベーターに飛び乗る。すると次の瞬間、視界が黒一色になり、何か大きな物体に激突して弾き飛ばされた。背後の扉が閉まっていたお陰でエレベーターから飛び出すことはなかったけれど、後頭部を強打してそのまま膝から崩れ落ちる。

「痛たたた……」

一瞬、自分の身に何が起こったか分からなかったが、どうやら先にエレベーターに乗っていた人にぶつかってしまったようだ。

床に座り込んだまま頭を押さえて顔を上げると、骨ばった大きな手が目の前に差し出された。

「おい、大丈夫か？」

「す、すみません。急いでいたもので、失礼しま……し……」

言葉が途中で途切れてしまったのは、私の腕を掴んで立ち上がらせてくれた男性の澄んだ切れ長の双眼を見てしまったから。

えっ？　まさか……嘘でしょ？

それは、待ち望んでいた偶然という奇跡が起こった瞬間。

優しく微笑んでいるブラックスーツ姿の男性は、八年間、ずっと忘れられずにいた元夫の――愁矢。

あまりの驚きにその涼やかな瞳から目を逸らすことができず、瞬きも忘れ見入ってしまった。

でも、なんで愁矢がここに居るの？　それに、その格好……。

私が知っている愁矢はサラサラの黒髪で、Tシャツにジーンズというラフなスタイルの青年だった。なのに、今私の目の前に居る彼は緩くウェーブしたダークブラウンの髪を後ろに流し、高そうなスーツを着ている。

あまりの変わりように絶句していると、彼の隣に居た中年男性が私達の間に割って入り、怒号を響かせた。

「君、いつまで朝日常務の前に突っ立っているつもりだ。失礼だろ？」

「あ、さひ……常務？　えっ！　じょ、常務？」

違う。完全に人違いだ。愁矢がソレイユ物産の常務だなんて天地がひっくり返ってもあり得ない。それに、彼が愁矢なら私を見て何か反応があるはず。そもそも愁矢の苗字は瀬古で、朝日じゃない。

「も、申し訳ございません」

彼の前から飛び退くと深く頭を下げ、震える指で十八階のボタンを押した。

とにかく、一刻も早くこの場を去りたい。

でも、そこから十八階に到着するまでの数十秒が果てしなく長く感じられ、逃げ場のない密室で焦りの感情が増していく。

ああ……早く。この重苦しい空気、耐えられない。

やっと扉が開き、素早く一礼してエレベーターを降りようとした時のこと、不意に朝日常務に話し掛けられた。

「君の所属部署と名前は？」

「あ、じ、事業企画課の……海道涼葉です」

彼の問いに答えた直後に扉が閉まり、常務との会話はそこで終わってしまったが、これはすこぶるヤバい事態なのではと震え上がる。

部署と名前を聞かれたってことは、何かあるんじゃあ……まさか、ぶつかっただけで解雇？　ってこと、ないよね？

「いやいや、いくらなんでもそんなことは……」


しかし時間の経過と共に不安な気持ちが徐々に大きくなり、課長に名前を呼ばれる度心臓が跳ね上がって生きた心地がしなかった。

そこで定時になるのを待ち、隣のデスクの蓮沼さんに声を掛ける。

「あの、蓮沼さん、朝日常務ってどんな人か知っていますか？」

「あら？　もしかして、朝日常務のファンになっちゃった？　朝日常務、凄いイケメンだものね～」

「いえ、そうじゃなくて……」

呑気に笑う蓮沼さんにエレベーターの一件を話し「私はどうなるんでしょう？」と真顔で詰め寄ると、いきなり大爆笑された。

「そんなことで解雇になったら大問題だよ。名前を聞いたのは、海道さんが可愛かったからじゃない？」

「へっ？　私が可愛い？」

「そっ！　吸い込まれそうな綺麗な瞳と愛らしいプルンとした唇。で、透き通るような白い肌。女の私が見ても凄く魅力的だよ」

自分の容姿をこんなに褒められたの、初めてかもしれない。学生時代はいつも周りに綺麗な娘達が居たから地味で平凡な私は誰からも注目されなかった。だから、ずっと自分に自信が持てなかったんだ。でも、蓮沼さんにどんなに褒められても、ソレイユ物産の常務が私に魅力を感じるなんてことは絶対にない。それは断言できる。

自惚れてはいけないと自分を戒め、改めて朝日常務のことを聞くと……。

「朝日常務ってね、最近、常務になったばかりなの。海道さんが入社する一ヶ月くらい前だったかなぁ～」

三ヶ月前、前常務が勇退することになり、急遽、大阪の関連会社の副社長だった朝日常務が東京本社に呼び戻されて常務に就任することになったそうだ。

「そうだったんですか。でも、あの若さで常務に抜擢されるってことは、相当優秀で仕事ができるんでしょうね」

「確かに仕事はできるって噂だけど、スピード出世したのはそれだけが理由じゃない。ほら、常務の名前を聞いてピンとこない？」

そう言われても全くピンとこない。腕組をして考え込んでいると痺れを切らした蓮沼さんが私のスーツの袖を引っ張りながら急かすように言う。

「まだ分からない？　ソレイユを日本語で言うと、何？」

「ソレイユはフランス語で太陽ですよね？　太陽と朝日……ああっ！　そういうことですか！」

「やっと分かったみたいね。創業者の朝日って苗字がソレイユ物産の社名の由来なの。朝日常務は社長の甥。創業者一族なんだよ」

ソレイユ物産は公には世襲制を肯定していないが、実際は朝日一族が牛耳る同族企業だ。

「社長夫婦には子供が居なくて、甥の朝日常務を後継者にって考えてるみたい」

「ということは、次期社長？」

「そういうこと」

納得するもふと脳裏を過ったのは、朝日常務に激似の愁矢の顔。

愁矢と朝日常務は尋常じゃないくらい似ていた。声もそっくりだったし、何か関係があるんじゃあ……。

「つかぬことをお聞きしますが、朝日常務に兄弟は居るんでしょうか？」

「社長のたったひとりの甥だから後継者になったって聞いたことがあるから、少なくとも男の兄弟は居ないんじゃないかな？　姉か妹は居るかもだけど」

そうだよね。いくらなんでもそれはないか。朝日常務と愁矢は赤の他人で関係なんてない。愁矢は天涯孤独で施設で育ったんだもの。きっと、他人の空似だ。


あれ？　今日は定休日なのに店の電気が点いてる。

我が家の玄関でもある居酒屋の引き戸を開ける直前、そのことに気づいた私は手を止めて首を傾げた。

寸前まで気づかなかったのは、考え事をしていたから。

蓮沼さんの話を聞き、納得して会社を出たはずなのに、愁矢と瓜二つの朝日常務のことが頭から離れず、ずっと彼のことを考えていたのだ。

どっちにしても、朝日常務は雲の上の人。入社したての平社員の私が常務と会うことはもうないよね。考えるだけ時間の無駄だ。

「ただいまー」

苦笑しつつ引き戸を開けると「よう、お帰り」という声が返ってきた。でもそれは父親ではなく、カウンター席に座っていたスーツ姿の男性が発した言葉。

「あ……」

涼やかな切れ長の瞳と緩く後ろに流したダークブラウンの髪。そして仕立てのいいブラックスーツ——そこに居たのは間違いなく、今日、エレベーターの中で激突した朝日常務だった。しかし突然のことでこの状況が理解できず、感情が追いつかない。

暫しの沈黙の後、ようやく驚きの声を上げた。

「どど、どうして常務がこんなところに居るのですか？」

すると、カウンターの向こうに居た父親が呆れたように言う。

「なんだ～その他人行儀な敬語は？　それに、常務って誰だよ？」

「お、お父さん、この方はね、ソレイユ物産の朝日常務だよ」

「ったく、何寝ぼけたこと言ってんだ？　こいつは愁矢だろ」

「へっ？　愁矢？」

再び思考が停止して頭の中が真っ白になる。

もう会うことはないと思っていた朝日常務が……愁矢？　確かに激似だとは思っていたけど、まさか本当に同一人物だったとは……。

身体の力が抜けて立っていることができず、その場にヘナヘナと座り込んでしまった。そんな私の目の前に見覚えのある骨ばった大きな手が差し伸べられる。

「涼は会う度、床に座ってるな」

涼って、私をそう呼ぶのは、愁矢だけ。

「本当に、愁矢なの？」

「ああ、久しぶりだな。涼」

泣きそうになるも涙をぐっと堪え、なぜ愁矢がここに居るのかと尋ねると、数年ぶりに大阪から東京に戻って来たので父親に挨拶しに来たのだと。

「まあ、色々あったから迷っていたんだが、どうしても大将と女将さんに会いたくなってな。女将さんはコーラスの練習で留守だったが……」

私には？　会いたいって思ってくれなかったの？

咄嗟にそう言いそうになり、慌てて言葉を呑み込む。

色々あったっていうのは、間違いなく私のこと。愁矢が会いたかったのはお父さんとお母さんで、私じゃない。そうだよね。あんな酷いこと言って別れたんだもん。でも、そのきっかけを作ったのは愁矢なんだよ。

色んな感情が入り混じり、ずっと忘れられなかった愁矢が目の前に居るのに気持ちが沈んでちっとも嬉しくない。

「そ、そう……お母さんに会えなくて残念だったね」

愁矢から目を逸らし、差し出された手を取ることなく立ち上がる。

「私、着替えてくる」

視線を下げたままトボトボと歩き出すと、相変わらず無駄にデカい父親の声が店内に響き渡った。

「美奈ちゃんなら、もう一時間もすれば帰って来る。愁矢、ゆっくりしていけ」

「そうですか。じゃあ、お言葉に甘えて待たせてもらいます」

「ああ、美奈ちゃん、お前を見たらビックリするぞ～」

ふたりの笑い声を背に受けながら階段を上がると涙が溢れてきて、部屋に入ったのと同時に頬を伝って零れ落ちる。

もう愁矢は昔の愁矢じゃない。私が知っている愁矢じゃないんだ。

行方知れずで会えなかった時より、今の方がずっと遠く感じる。

でも、どうして愁矢がソレイユ物産の常務なの？　身内はひとりも居ないって言ってたのに、社長の甥ってどういうこと？　この八年の間にいったい何があったの？

ベッドに腰を下ろして疑問でいっぱいの頭を抱えると、ドアをノックする音が聞こえた。

お父さん？　いや、お父さんはノックなんてしない。ということは、まさか……。

そのまさかだった。開いたドアの向こうに居たのは、半年間、夫婦としてこの部屋で一緒に過ごした――愁矢。

「へぇ～あの頃と全然変わってないな」

懐かしそうに部屋を見渡していた愁矢だったが、その視線が私の座っているベッドに向いた時、少しだけ目を細め微笑んだように見えた。

「まだあったんだな。このベッド。もうないと思っていた」

「ど、どうして？」

「別れた男と一緒に寝ていたベッドだぞ。普通、処分するだろ？　もしかして、まだ俺に未練があるから捨てられなかったとか？」

あ……。

自分の気持ちを見透かされたような気がして焦った私はムキになって全力で否定する。

「ち、違う。私は捨てるつもりだったけど、お父さんが……そう、お父さんが高かったから捨てるのは勿体ないって、だから仕方なく……」

「そうか、仕方なく……か」

納得したのかしなかったのか、愁矢はそれ以上追及することなくベッドボードをひと撫でして私の隣に座った。すると、その反動で小柄な私の身体がピョンと浮き上がる。その後も不安定なマットレスの上で何度か弾み、バランスを崩した身体が意図せず愁矢の方へと倒れていく。

「わわっ！」

「おっと、危ない」

彼に抱き留められて懐かしい温もりに包まれた瞬間、何か甘酸っぱいものが胸に広がっていくのを感じ、初めて彼に会った時のことを思い出す。

あの頃に戻れたら――。

心地いい温もりに心が揺れるも、ふと視界に入った小さな光がそんな想いを一気に消し去ってしまった。

愁矢の左手の薬指にシルバーのリング――それは、愁矢が誰かと愛を誓った印。思った通り、愁矢は既に再婚し、新たな家庭を築いていた。

予想していたことなのに、いざその現実を突き付けられると無性に寂しくて、力なく彼の胸を押す。

「放して。私達はもう抱き合う仲じゃない」

「確かに、そうだな」

頷いた愁矢が苦笑しながら私から少し距離を取った。

「でも、涼がソレイユ物産の社員だったとはな。エレベーターで会った時は驚いたよ」

「そう？　そんなに驚いているようには見えなかったけど」

「あの時は部下も居たからな。それに、本当に涼か確信が持てなかったから……」

そして彼は切れ長の双眼で私を射貫くように見つめ、予想外の言葉を口にする。

「綺麗になったな……涼。見違えたよ」

求めていた答えを聞けたのに、喜びや満足感はなかった。寧ろ虚無感の方が大きい。愁矢が既婚者だと分かった今、その言葉は私にとって途轍《とてつ》もなく残酷なものだったから。

「私も見違えた。まさか愁矢がソレイユ物産の常務だったなんて……社長の甥なんだってね。天涯孤独っていうのは嘘だったんだ」

「嘘をついたわけじゃない。知らなかったんだよ」

愁矢がこの家に来た本当の理由は、もちろん両親に会いたかったというのもあるが、私にその経緯を説明するためだったのだと。

「俺がソレイユ物産の社長の甥だと知ったのは、涼と別れて一ヶ月後のことだ。突然、ソレイユ物産の顧問弁護士が訪ねて来て、亡くなった母親のことで話があるので一緒に来て欲しいって言われな。で、連れられた先が社長の家だったんだ」

愁矢のお母さんはソレイユ物産の社長の妹で、愛した男性との結婚を先代の社長である父親、つまり、愁矢のおじいさんに反対され駆け落ちしていた。

しかし相手の男性は愁矢が生まれて間もなく他に女性を作り母子の元を去ってしまう。残されたお母さんは実家に戻ることなく女手ひとつで愁矢を育てていたそうだ。

「だが、俺が八歳の時、母が病気で亡くなった。母は周りにも、そして俺にも自分のことは一切話さなかったから伯父が居ることは知らなかったんだ」

「で、愁矢は児童養護施設に預けられた」

「ああ、伯父の話では、祖父は亡くなるまで自分に逆らった俺の母を許さず、行方を捜すことも禁じていたそうだ。伯父はたったひとりの妹のことがずっと気掛かりだったが、祖父に逆らうことができなかったと言っていたよ。そしてその祖父が亡くなり、家を継いだ伯父が相続手続きをするため、ようやく母の戸籍を取り寄せることができて母の死と俺の存在を知ったらしい」

愁矢のお母さんは離婚していたのに苗字が朝日ではなく瀬古だったのは、お母さんが離婚後も旧姓に戻ることなく元夫の苗字を名乗っていたから。お母さんが亡くなってしまった今、本当の理由は分からないけれど、愁矢は、お母さんが婚氏続称届を提出してまで朝日姓に戻るのを拒んだのは、親を捨てた自分に朝日を名乗る資格はないと思ったからではと静かに語る。

もしそうなら、凄く切ない。お母さん、辛かっただろうな。

「伯父夫婦には子供が居ない。直系の血筋は俺だけだったから養子になってくれって言われてな」

「だから今は、朝日愁矢なんだ」

「そういうことだ。初めは慣れないことばかりで戸惑ったが、今は仕事にやりがいを感じている。大学で学んだ経営学の知識を更に深めるため、海外留学の機会を与えてくれた伯父夫婦には感謝しているよ」

そうだ。愁矢は大学で経営学を学んでいたんだ。それは、将来を見据えてのこと。身内も頼る人も居なかった愁矢は、何があってもひとりで生きていけるよう会社経営の知識を得たかったのだと言っていた。それが次期社長候補となった今、役に立っているってことか。

「海外生活は長かったの？」

「四年くらいかな。ロンドンのビジネススクールに通ってMBAを取得した後、ソレイユ物産のイギリス支社に二年ほど居て、日本に戻ってからは名古屋や大阪の関連企業で働いていた」

MBAとは、日本でいう経営学修士のこと。資格ではなく、経営学を修めたものに授与される学位だ。経営戦略やオペレーションマネジメント、組織行動学など、企業経営に必要な実質的なスキルを学ぶ。MBAを取得するということは、経営のプロになるということ。

「でも、どうしてソレイユ物産に入社後、すぐに本社に来なかったの？」

「それは、実績を積むためだ」

いくら社長の甥で後継者候補でも、いきなり本社に来て役員というのは身内びいきだと思われ印象が悪い。他の役員や大株主から反発が出る可能性もある。なので、業績不振に苦しむ関連会社の事業再生に取り組み、経営を立て直すことで信頼を築くことに努めた。その成果が認められ、三ヶ月前に常務が勇退したタイミングで東京本社に異動になり、理事会と株主総会、共に満場一致で常務に就任した。

――これが、私が知らなかった愁矢の八年間の軌跡。

なぜ愁矢が朝日と名乗っているのか、どうしてソレイユ物産の常務なのか、やっと分かった。そして今の仕事や地位に満足していることも。でも、私が知りたいのはそんなことじゃない。

「愁矢は、今……幸せ？」

私の問いに愁矢が驚いた表情を見せるも、それは数瞬のこと。すぐに大きく見開いた目が緩く弧を描き柔らかな笑顔になる。

「……そうだな」

野暮な質問だったね。ダークブラウンの髪を搔き上げた左手の結婚指輪が全てを物語っている。愁矢はそれと同じ指輪をした誰かと永遠の愛を誓い幸せに暮らしているんだ。私にとっては辛い現実だけど、知ることができてよかった。もう私達は決して交わることのない別々の人生を歩んでいるんだって分かったんだもの。これでやっと踏ん切りがつく。愁矢のこと、過去にできる。

未練という感情を心の奥に押し込め、大きく息を吐いたのと同時に愁矢が私の顔を覗き込んできた。

「で、そっちはどうなんだ？　涼は今、幸せか？」

「えっ、私?」

誰に聞いてもこの状況を幸せと言う人はいないよね。でも、私はお父さんに似て意地っ張りだから……。

「もちろん!　幸せに決まってるじゃない」

めいっぱい明るい声でそう言うと、今できる精一杯の笑顔を愁矢に向ける。

「そうか。涼は幸せなんだな。よかった」

私の幸せを喜んでくれるということは、浮気をした罪悪感から?

今の奥さんはあの時の浮気相手なのか確かめようと思ったけれど、やめた。それを聞いたところで何も変わらないから。

「もうそろそろお母さんが帰って来る頃だよ。下に行ったら?」

そしてもう、ここには来ない方がいい。愁矢の帰りを待つ女性《ひと》のためにも。

「じゃあ、行くか……」

立ち上がった愁矢を笑顔で見送るも歩き出した彼の背中を見た瞬間、八年前に彼がこの部屋を出て行った時の光景が頭を過り、笑顔が消えた。

『涼、幸せにしてやれなくて……ごめん』

愁矢の切なそうな声が山彦のように耳の奥で何度も響き、胸が苦しくなる。

幸せにして欲しかった。愁矢とふたり、幸せになりたかった。でも、もうそんなことを考えちゃいけない。思えばこの八年、私は後ろを振り向いてばかりで過去を追いかけて生きてきた。だけど愁矢はとうの昔に私のことなど忘れ、再婚して前だけを向いて生きていた。

愁矢……私も今日から前を向いて生きるよ。そしてまたいつか、愁矢とふたりで話す機会があったら、その時は胸を張って堂々と言うから。『私は愁矢より幸せだよ』って。もう街で愁矢の面影を探すことはない。八年かかったけど、やっと言えるよ。

「さようなら。愁矢」

――翌日。ソレイユ物産、事業企画課。

「えっ、私が企画書を出すのですか？」

蓮沼さんと社食でランチをして事業企画課に戻るといきなり課長に呼ばれた。告げられたのは、近年ソレイユ物産が力を入れている事業投資について、入社二年未満の若い社員の意見を聞きたいというものだった。

事業投資はソレイユ物産が将来的に期待が持て、価値があると判断した職種や企業に投資し、経営をサポートする業務。投資するのは資金だけではなく、人材や情報、商品など総合的にサポートする。また、その企業の株を取得して事業参入することもある。そうして出資先の会社の業績が上がれば、出資しているソレイユ物産の価値も向上するのだ。更に自社が扱っている製品を組み込むことで利益も上がる。

課長は、その投資先となる職種や企業を選択して企画書を出せと言うのだ。はっきり言って、凄い無茶ぶりだ。

「しかし私はまだ入社して三ヶ月ですし、そのような重要な業務に関しては経験が不足しています。ご期待に沿えるような企画を提案できるかどうか……」

「うん、その通りだね。僕もそう思うよ」

「えっ？　でしたら、なぜ？」

「上からの指示だ。朝日常務がそうしろと言ったらしい」

愁矢が？　まさか、これって嫌がらせ？

「常務命令なら逆らえないだろ。提出期限は三ヶ月後。そういうことだから、よろしく」

よろしくって言われても企画書の書き方も知らないのに……愁矢ったら、何考えてんの？

それから蓮沼さんに企画書の書き方のレクチャーを受け、様々な職種や企業を調べたけれど、数時間経ってもパソコンの画面は真っ白のまま。そして頭の中も見事に真っ白だ。

「あ～ダメだ！　企画書なんて無理！」

終業時間間近、切羽詰まった声で弱音を吐くと蓮沼さんがキーボードを打つ手を止め、苦笑する。

「そんなに根詰めなくていいよ。まだ時間はあるんだからさ。仕事終わったら気晴らしに飲みに行かない？」

というわけで、蓮沼さんと会社近くの居酒屋に来たのだけれど、居酒屋の娘としては、料理の味はもちろんのこと、使われている素材や盛り付けなど、細部まで気になってしまう。

「このお刺身、ちょっと鮮度が落ちてますね。ウチの店ではこんなの出しませんよ。ねぎまも肉とネギのバランスが悪いし、熱燗は温度が高過ぎです」

「ふふっ、海道さん厳しいねぇ～。私は普通に美味しいけど」

「あ、すみません。つい……」

「ううん、全然いいよ。でも、一回行ってみたいな。海道さん家の居酒屋」

「是非是非、蓮沼さんなら大歓迎です。頑固な父親が居ますが……」

料理はいまいちだけど、蓮沼さんと他愛もない話をしながら過ごす時間はとても楽しかった。そのせいかお酒が進み、離婚した元夫と再会したことをぽろっと喋ってしまう。でも、さすがにそれが朝日常務だとは言えなかった。

「えっ！　元旦那さん、再婚してたの？」

「はい、それが分かってスッキリしました」

意識して笑顔で言うも蓮沼さんは浮かない顔で首を捻る。

「でも、その元旦那さん、自分には大切な家庭があって幸せなのに、なんで八年前に別れた元嫁の海道さんに会いに来たんだろう？」

それは、ソレイユ物産の常務になった経緯を説明するため。でもそれを言えば、私の元夫が朝日常務だとバレてしまう。

「あっ！　もしかして、奥さんとうまくいってなくて海道さんのこと思い出したとか？」

「えっ……」

「居るんだよね～結婚しても昔の女が忘れられない男」

彼女の発言は、愁矢に言われたあの言葉を思い出させた。

――『綺麗になったな……涼。見違えたよ』

心がザワつき、胸の奥深くに封印した未練がじわじわと滲み出してくる。

違う。そんなはずない。愁矢が家に来たのは、たまたま会社のエレベーターで会ったから。あんな形で再会しなかったら、彼が私の家に来ることはなかったはず。

慌ててお猪口の日本酒を飲み干し、再び未練を胸の奥に押し込めた。でも、居酒屋を出て蓮沼さんと別れた後も彼女の言葉が頭の片隅に残っていて、気づくと愁矢のことばかり考えている。

自分の諦めの悪さに呆れつつ自宅の最寄り駅で電車を降りて改札を出ると、突風のような冷たい北風が吹き抜け、目の前の黄色く染まった街路樹のイチョウの葉を揺らした。さわさわとした葉音に顔を上げれば、街路樹の背後に最近建ったタワーマンションが見える。

ここ数年、駅周辺は再開発が進みすっかり様変わりしてしまった。大規模な商業ビルが建ち、おしゃれなカフェやショップも増えた。それに伴い都心から少し離れた下町の雰囲気が残るこの町に多くの高級マンションが建設されるようになったのだ。

裕福なファミリー層が増えるのは区の財政が潤うからいいことなのだが、そんな人達はウチのような昔ながらの大衆居酒屋には来てくれないのであまり恩恵を受けていない。

昔はよかったな。大学が近くにあるので学生さんが多かった。打ち上げなんかでよくウチの店を使ってくれてたもの。

だけど最近は地価が高騰して家賃も値上がりしているから、その姿をあまり見ることはない。

あ、そうだ。愁矢も大学生の頃はウチの店の近くのボロアパートに住んでいたんだよね。貧乏学生だったから食事にあまりお金が掛けられないので父親が作るまかないを楽しみにしてた。でも今は、もう手の届かない遠い存在。あっち側の人になっちゃった。

聳え立つタワーマンションを見上げ苦笑いすると、トボトボと歩き出す。

考えないようにしようと思っても、結局、辿り着く先には愁矢が居る。蓮沼さんは、結婚しても昔の女が忘れられない男が居るって笑っていたけど、結婚した男を忘れられない女も居るってこと、知ってるのかな……。

「あっ、もう十一時半だ。早く帰らないとまた偏屈親父にどやされる」

小走りで店の前まで来るとそろりと引き戸を開け、父親に見つからないよう気配を消して騒がしい店内を通り過ぎる。

「よし、うまくいった」

安堵するも階段を上がり自室のドアを開けた瞬間、隙間から漏れてきた光に違和感を覚え手が止まる。

どうして電気が点いてるの？　まさか、お父さん、また勝手に私の部屋に入った？

再びドアを少し開けて中を窺うと、誰かが私のベッドに横たわっている。

「何？　誰？　どういうこと？」

足音を忍ばせて近づき、ゴクリと唾を嚥下して顔を覗き込むと……。

「嘘……」

なんで愁矢が私の部屋で寝てるの？

慌てて愁矢を起こそうとしたのだが、私の目は八年前と変わらないその綺麗な寝顔に釘付けになり、触れた肩を揺することができない。

夫婦だった頃、毎晩このベッドの上で見ていた愁矢の寝顔——顔の輪郭は以前よりほっそりしてシャープになっているけれど、長い睫毛にすっと通った気品を湛えた鼻梁。そして清涼感のある薄めの唇はあの時のまま。でも、その唇の柔らかさを確かめることは許されない。

「……愁矢」

無意識に彼の名を呼んだ次の瞬間、長い睫毛がゆっくり持ち上がり、その奥の澄んだ虹彩に私の顔が映り込む。

わっ、起きちゃった。

咄嗟に身体を起こして後ろに飛び退こうとしたのだけれど、それより早く愁矢の腕が背中に回され、抵抗する間もなく広い胸に引き寄せられる。

彼の予想外の行動に度肝を抜かれた私は訳が分からずパニック状態。ジタバタと暴れ身をよじるも完全にホールドされて身動きできない。

あ、もしかして、寝ぼけて私のこと奥さんだと勘違いしてるんじゃあ……。

だけど、教えてあげなくてはと思う反面、この懐かしい温もりを手放すのが惜しくて、このままずっと、一秒でも長くこの胸の中に居たいと願ってしまう。

そんな気持ちに抗えず、いけないと思いつつ瞼を閉じて愁矢の胸に身を委ねた。が、その時、頭上から彼の不機嫌そうな声が聞こえる。

「涼、遅かったな。待ちくたびれたぞ」

「えっ？」

私だって分かってたの？

愁矢が勘違いしていないと分かると急に恥ずかしくなり、全力で彼の腕から抜け出した。

「な、何言ってんの？　待っててくれなんて頼んだ覚えないんだけど。それより、どうして愁矢がここに居るの？」

「どうしてって、夕飯を食いに来たんだよ。で、涼を待っていたんだが、なかなか帰って来ないし」

　愁矢はここ数日、仕事が忙しく睡眠不足だったそうで、お酒を飲みながらカウンターでウトウトしてしまったらしい。その様子を見た父親が二階で少し休めと言ったのだと。

　娘と離婚した相手にそんなことを言う父親も父親だけど、その言葉を真に受けて平気で私の部屋で寝ている愁矢もどうかしている。それに、部屋は他にもあるんだからそっちで寝ればよくない？

　呆れてため息をついた時、例の事業投資の企画書のことを思い出した。

「ねえ、事業投資の企画書の件、あれってどういうこと？　なんで入社したばかりの私が企画書を出さなきゃいけないの？」

「ああ……あれは、事業企画課の士気を上げるためだ」

　愁矢がソレイユ物産の常務に就任して三ヶ月、これまで以上の収益を上げるため、改めて各部署の業務内容を精査してきたのだが、その際、ここ一年間に事業企画課から提出された事業投資企画の内容に疑問を感じたというのだ。

「時代の流れは速い。常に先を読み、あらゆるネットワークを活用して価値のある企業に投資していかなきゃいけない。それは新人の涼にも分かるよな?」

仕事の話をしている時の愁矢はエレベーターの中で見た時と同じ、常務の顔をしている。

「う、うん」

「だが、今の事業企画課の提案には目新しさを感じない。それを打破するには思い切った方向転換が必要だ。で、まず手始めに若い力を借りようと思ったんだ。若手が優れた企画を出せば、古参社員も負けていられないと思って奮起するだろ?」

「で、その若い力っていうのが、私?」

「そういうことだ。斬新な企画書、期待してるぞ」

「いや、それ、後悔すると思うけど。実際、何も思い浮かばないし」

その後もなんとかこの業務命令を撤回してもらおうと粘ったが、残念ながら私の願いは叶わなかった。

「愁矢のイジワル! もういい。帰って」

「なんだよ。涼の顔が見たくてずっと待ってたのに……」

悪びれる様子もなくあっけらかんとそう言う愁矢に呆れてしまった。こんなだから結婚したばかりでも平気で浮気するんだ。

「節操がない！」

「はあ？　なんだそれ？」

「とにかくもう帰って。女性の部屋に断りもなく勝手に入るなんて最低！」

そして私の心の中にいつまでも居座らないで。

「今日は機嫌が悪いみたいだな。じゃあ、また来るよ」

「来なくていい！」

全体重を掛け愁矢の腕を引っ張り部屋から追い出すと、ドアの鍵を掛けた。

あの時の心の痛みは今でも消えない。だけど、その痛みを上回る愛しいという感情が私を苦しめる。涼やかな瞳に見つめられると鼓動が速くなり、耳障りのいい低い声で名前を呼ばれると心が乱れる。

愁矢を心の底から憎めたらどんなに楽だろう。

再会しなければよかったと自分の運命を呪いたくなる。

そんな私の気持ちなど知る由もない愁矢は、次の日も、また次の日も店に飲みに来た。

両親はなんのわだかまりもなく愁矢を歓迎してまかないまで振る舞っていた。そんな三人の会話を階段でこっそり聞き耳を立てて聞いている私も褒められたものではないが、こうでもしないと愁矢が帰ったか確かめられない。

また突然部屋に来られたら、そしてまた抱き締められたら、私は冷静で居られるだろうか？

自嘲しながら膝を抱える。

情けないけど、自信がない。本音は彼の元に戻りたい、帰りたいと思っている。私はギリギリのところで踏みとどまっているのだ。ただ、自分が浮気相手にだけはなりたくない。

しかしそんなシリアスな状態でもお腹はすく。もう時計は十二時を回っていた。仕事帰りにコンビニで何か食べるものを買ってくればよかったと後悔していると、店の引き戸が閉まる音がした。

よし！　愁矢が帰った。

サンダルを引っかけ店に入った途端、父親が作る親子丼の美味しそうな匂いがしてパブロフの犬みたく、よだれが出そうになる。

「お父さん、私の分もあるよね？」

「ああ、今、涼葉を呼ぼうと思ってたとこだ」

カウンターに置かれた湯気が立つどんぶりを引き寄せ、母親が淹れてくれた熱々のお茶を口に含んだ時だった。父親がとんでもないことを言い出す。

「なあ、涼葉、八年前は色々あって愁矢と離婚しちまったが、こうやってまた会えたんだ。元サヤってのは、どうだ？」

一拍置いて噴き出したお茶が霧のようになって父親の顔面に降りかかった。いつもなら烈火のごとく怒るであろう父親が、滴る水滴を笑顔で拭っている姿は鳥肌が立つくらい不気味だ。

「バカは休み休み言って」

いくら父親が望んでも、今の日本の法律ではそれは認められない。

「意地を張るな。お前も愁矢と再会して嬉しかったろ？」

「そういう問題じゃないの。お父さんはここで愁矢と何を話してたの？　愁矢はね、もう再婚して奥さんが居るんだよ。左手の薬指に結婚指輪してたでしょ」

「マジか？」

父親が驚きの声を上げると、隣に居た母親が「そういえば……」と呟く。

「確かにしてたね。左手の薬指に指輪」

毎日のように顔を合わせていたのに全く指輪の存在に気づいていなかった父親の鈍感さは呆れを通り越して感動ものだけど、指輪に気づいていながらそのことに一切触れなかった母親もなかなかの強者だ。でも、これで父親も諦めただろう。

仕切り直して箸を持ち、黄金色のフワフワの卵を掬い上げた時、後ろの引き戸が開く。

えっ……。

嫌な予感がして箸を持ったまま固まっていると、頭をくしゃりと撫でられた。

「よう、やっと顔出したな。涼」

「愁矢、帰ったんじゃなかったの？」

彼は手に持っていたスマホを振り、電話をしていたのだと言う。

「留学していた時の友人からだ。こっちは夜でもロンドンは夕方だからな」

事もなげに言う愁矢を呆然と見つめ、絶望感と低血糖で眩暈がする。

空腹に耐えていた時間が全て無駄になった。

「大将の親子丼、久しぶりだなぁ～。旨そう」

目を輝かせた愁矢が私の隣に座り、丁寧に両手を合わせて親子丼を食べ始めた。

「うん！　これこれ、この味ですよ。懐かしいなぁ～」

幸せそうに目を細め親子丼を食べる愁矢を私と両親は複雑な面持ちで見つめていた

が、当の本人は全く気づいていないようで、親子丼を食べ終えるとテンション高く昔話を始める。そしてあの頃が一番幸せだったとしみじみと呟いた。

その言葉を耳にした瞬間、私の身体が小刻みに震え始める。

愁矢、それは言っちゃいけないことだよ。もしその言葉を今の奥さんが聞いたらどう思うか……私が奥さんだったら、きっと凄く寂しくて悲しい。嘘でも今が一番幸せだって言って欲しい。それに私だって、愁矢が幸せだと思ったから諦めようって、過去は振り向かず前を向いて生きていこうと決めたんだから。

「愁矢は、残酷な人だね」

「んっ？」

「こんな時間まで飲んで遊んでる暇があるなら、家に帰ったらどう？」

突然怒り出した私を愁矢が不思議そうに見つめている。すると珍しく神妙な顔をした父親が諭すように言った。

「そうだな。今日はもう遅い。愁矢、明日も仕事があるんだろ？　そろそろ帰ったらどうだ？」

さすがに愁矢もこの重苦しい雰囲気を察したようで、素直に立ち上がって両親に深く一礼する。

「分かりました。では、今日はこれで、ご馳走様でした」

私は目を伏せ、遠ざかっていく革靴の音を聞きながらぐっと奥歯を噛み締めた。

これでいい。愁矢が帰る場所はここじゃないんだから。

第三章　失った愛への未練

すっかり氷が解けてしまったバーボンの入ったグラスを片手にため息をつくと、リビングの大きなフィックス窓にもたれ掛かり眼下の光を眺める。

煌めく夜の街は確かに魅力的で綺麗だが、ただ見惚れているわけではない。俺の目は、数百メートル先にある昔ながらの商店が立ち並ぶ一角を捉えていた。

三ヶ月前に急遽大阪から東京に戻ることになり、不動産会社に条件のいい物件をいくつか紹介されたが、このマンションを内見して迷わず即決した。総硝子張りのリビングの窓からあの家が見えたからだ。

八年前、自分が住んでいた家。愛しい妻と暮らした家。

「涼……」

そこに涼が居る。そう思うだけで嬉しくて胸が高鳴った。と言っても、ここは三十五階。地上を歩く人物を判別するのは不可能だ。それに、あれからもう八年。二十六歳になった涼は既に再婚して新たなパートナーと幸せに暮らしているかもしれない。

離婚という最悪な結果になったのは、俺の責任だ。俺がもっと大人で、涼を幸せにしてやれていたら……。

今でも時々思い出す。涼と出会った日のことを。初めて言葉を交わした時の涼は小動物のように愛らしく、こんな妹がいたら、なんて思ったよ。なかなか話をする機会はなかったが、女将さんに甘える姿や大将と派手に喧嘩をする様子を見ているうちに、コロコロと表情を変える涼が可愛く思え、気づけばその姿を目で追っていた。

幼い頃から施設で育ち、大人の顔色を窺いながら本心を隠して生きてきた俺にとって、喜怒哀楽を素直に表に出すことができる涼が羨ましく、そして眩しかった。

俺もこの娘のように笑えたらどんなにいいだろう。

涼の屈託のない笑顔はまるで真夏の太陽のようにキラキラ輝いていて、俺の心の中の孤独という名の厚い氷を徐々に解かしていく。いつしか俺は涼を妹とは違う感情で見ていた。

でもまさか高校生に魅かれているとはな。

そんな自分に戸惑い、罪悪感すら覚えた。そんな時だった。大将から涼と結婚して家を継いでくれと言われたのは……。

親も居ない財産もない俺でいいのかと迷ったが、好きな女と結婚できる。父と母と呼べる人ができる。その喜びの方が大きくて大将の手を取り頷いていた。

だが、いざ結婚するとその責任の重さを実感し、この家族を自分が守っていかなければと思うようになる。

「自惚れだな。情けない」

一点を見つめたまま、グラスに残っていたバーボンを喉に流し込んで苦笑する。

今なら分かる。大将も女将さんも、大学を出たばかりの若い俺にそこまで期待していなかったと。だが、未熟な俺はそれに気づかず躍起になっていたんだ。

本来なら自分が購入しなければならない結婚指輪を女将さんが気を使ってプレゼントしてくれた。結婚式の費用も大将が持つと言う。ならば、せめて婚約指輪だけは俺が……結婚式当日にサプライズで婚約指輪を涼にプレゼントしよう。そう思ったのは、涼がブライダル雑誌に載っていた婚約指輪をうっとり見つめ『この指輪、素敵』と呟いている姿を見た時。

涼を喜ばせたい――その一心で決心するも、当時の俺にはそんな高価な指輪を買えるような貯金はなかった。

居酒屋の手伝いでもらえる給料は生活に必要な金だから手を付けられない。その中から貰う小遣いも高が知れている。頑張って節約しても結婚式まで間に合いそうにない。悩んだ末に、こっそり介護のアルバイトを始めた。

しかしバイトができる時間は限られている。午後一時から店の仕込みが始まる四時まで。施設長に頼んでめいっぱいシフトに入れてもらった。

だから、俺の二十三歳の誕生日のあの日も――。

義父母が町内会の慰安旅行に行き、居酒屋は臨時休業だった。俺は時間を延長して働き、いつもより遅い午後八時過ぎに家に帰ると涼が待ち構えていて『毎日どこ行ってるの？』と真顔で迫ってきた。俺は咄嗟に大学時代の友人と会っていたと答えたが、涼は納得しなかった。

そうだよな。自分でも下手な嘘だと思ったよ。でもあの時は、バイトをしていることを絶対に知られたくなかったんだ。

『愁矢の親友なら私も会ってみたい。あ、そうだ！　今から電話して挨拶しようかな？主人がお世話になっていますって』

そう言われた時は本当に焦った。だから俺もムキになって反論したんだ。涼も自分の友達を俺に紹介したことはないだろうと。

実際、涼は俺に大学の話は一切せず、彼女にどんな友人が居るのか知らなかった。

『私の大学の友達は皆凄いお金持ちの家の娘で、付き合っている彼氏も親が社長だったり、お医者さんだったり、立派な職業の人ばかりなの』

良家の令嬢が通う大学だということは知っていたから驚きはしなかったが、涼が次に発した言葉で愕然とする。

『そんな娘達に愁矢を会わせられない』

ああ……またか。と思った。

俺は幾度となくそれと同じようなことを言われ、理不尽な扱いを受けてきた。小学生の頃、仲がよかった友達が急に俺を避けるようになり、理由が知りたくてその子の家を訪ねると、彼の母親に『もうウチの子に関わらないで』と乱暴に玄関のドアを閉められたことがあった。後で聞いた話では、その友達のゲームソフトがなくなり、俺の仕業だと疑われていたらしい。もちろんそんなことはしていない。しかし何か不都合なことが起こると聞こえてくるのは『親が居ないから』『育ちが悪いから』という蔑みの声。そして向けられる疑惑の目。そんなことが続くとさすがに人と関わるのが怖くなる。辛くて悲しくて、俺をひとりにした親を恨んだこともあった。だが、中学の卒業式に世話になった保健室の養護の先生に掛けられた言葉で少しだけ将来に希望が持てたんだ。

『瀬古君、人生ってね、悪いことがあれば、それと同じくらいいいことがあるの。君は今までいっぱい辛い思いをしてきたから、これから先はいいことや楽しいことが沢山待ってる。だから自分を卑下することなく真っすぐ前を向いて生きていきなさい』

頑張って一生懸命生きていれば、いつかきっといいことがある。俺を認めてくれる人間に出会えるはず。

そしてようやくその時がきた。天涯孤独の俺を色眼鏡で見ることなく、まるで本当の家族のように接してくれた大将と女将さん。そして心の中の孤独を眩しい笑顔で消してくれた、涼。

だが、その幸せは長くは続かなかった。

『それは、つまり……親が居なくて貧しかった俺は恥ずかしくて紹介できないってことか？』

頼む。涼……違うと言ってくれ。

心の中で必死に懇願するも愛する女の口から出たのは、残酷な一言だった。

『私、愁矢と居ても幸せになれない！』

胸に抉られるような激しい痛みが走り、呼吸が止まりそうになる。

こんなに胸がヒリヒリ痛み悲しい気持ちになったのは、いつ以来だろう。

「涼、あの時は自分を全否定されたようで本当に辛かったよ。でも、そう思わせたのは俺なんだよな」

美しい夜景から少し視線を上げ、星のない漆黒の闇に浮かぶ青白い三日月を見つめた。

涼という太陽を失ってから、俺はずっと夜の闇の中に居たような気がする。そう、あの日からずっと……。

『俺じゃ、ダメってことか？』

そう聞く俺を睨み付けた涼がとどめの言葉を口にした。

『結婚したばっかでこんなだったら、先が思いやられるね。離婚……しよ』

離婚？

『本気で言ってるのか？』

『本気だよ。愁矢が私と結婚したのは、お父さんに言われたからなんでしょ？　私のお父さんを本当の父親みたいに慕ってた愁矢と、婿養子を取って家を継いで欲しかったお父さん。ふたりの思惑が一致してこの結婚が決まった』

確かに大将が父親だったらと思ったことはある。そして俺には養子になることを反対するような身内は居ない。大将にとって都合がよかったと言われれば、そうかもしれない。でも俺は本気で涼と一緒に居たいと思ったから結婚を決めたんだ。

そんな自分の気持ちを伝えようとした時、涼が吐き捨てるように言う。

『巻き込まれた私はいい迷惑だよ』

『迷惑？　そうか、涼はそんな風に思っていたんだな』

彼女の本心を知り、どうしようもなく怒りが込み上げてきた。この怒りのわけは、涼に辛辣な言葉を浴びせられたからじゃない。自分に対しての怒りだ。彼女にそんな疑念を抱かせてしまった自分が許せなかった。

幸せだと思っていたのは、俺だけ……そういえば、近頃、涼の笑った顔を見ていないような気がする。俺は、一番大切な女から笑顔を奪ってしまったんだ。

涼が俺と居ても幸せになれないなら、もうここに居る理由がない。

落胆の息を吐くとクローゼットからキャリーバッグを取り出す。

『――出て行くよ』

涼は何も言わず荷物を纏める俺をただじっと見ていた。それが彼女の答えだったのだろう。しかしドアノブに手を掛けた時、微かに俺の名を呼ぶ声が聞こえる。

『しゅ、しゅう……や』

別れの言葉は聞きたくない。だからその声を遮るように詫びた。

『涼、幸せにしてやれなくて……ごめん』

ドアを閉めた瞬間、俺は全てを失った。

人の人生には、悪いことがあれば、それと同じくらいいいこともある。だったな。でも、例外もあるってことか。

その日の夜は駅前のカプセルホテルに泊まり、翌日、朝一で区役所へ向かった。

今の俺が涼にしてやれることは、一刻も早く離婚して彼女を解放してやること。そう思っても、この紙切れ一枚で縁が切れるのだと思うと手が震えてなかなか名前が書けなかった。

『涼が望んでいるんだ』

ようやく署名捺印するも、心残りは黙って家を出て別れの挨拶すらできなかった大将と女将さんのこと。封筒と便箋を買い、カフェで感謝の気持ちと謝罪の言葉をしたためた。そして涼には……。

『離婚するんだ。今更だよな』

伝えたい言葉はこの便箋に書き切れないくらいあったが、そんな手紙をもらっても嬉しくないだろう。だから一言【涼、幸せになってくれ】と書いてペンを置いた。

それからは何もする気になれず、ネットカフェを転々としていたのだが、一ヶ月ほど経った頃だったか、俺のスマホに見慣れない番号から電話が掛かってきたんだ。普段なら相手が分からない電話には出ない。しかしあの時の俺は大切なものを全て失い、警戒心すら失っていた。

『瀬古愁矢さんですね。私、弁護士の堤《つつみ》と申します。実は、瀬古さんに折り入ってお話がございまして……』

その堤という弁護士は俺の母のことを知っていて、どうしても会って伝えたいことがあると言う。初めは新手の詐欺だと思い全く信用していなかったのだが、母には兄が居て、その兄が俺に会いたいと言っていると聞き、心が揺れた。

俺に血の繋がった身内が居たのか？

突然電話を掛けてきたこの男が本当に弁護士なのかは分からない。詐欺ではないという確証もない。しかしもしそれが事実だったら……。

疑念は残るもどうしても真実が知りたくて指定された場所に向かうと、男は約束の時間丁度に運転手付きの黒塗りの車で現れた。薄いフレームの眼鏡を掛け、品のある顔立ち。上質な生地のスーツの胸には金の弁護士バッジが光っている。

『どうぞお乗りください』

促されるまま車に乗り込み連れて行かれたのは、白金の高級住宅街。その中でもひと際目立つ白亜の洋館の前で車が止まった。

『こちらが瀬古さんのお母様の実家。朝日邸です』

『ここが……母の実家？』

信じられなかった。母と暮らしていた頃は常に貧しく、その日の食べるものにも困るくらい生活に困窮していた。そんな苦労していた母がこんな立派な家の娘だったとは……。

夕日に染まりゆく茜色の豪邸を呆然と眺めていると、背後から男が俺の肩を軽く押して歩き出す。

『では、参りましょう』

足を踏み入れた庭園は綺麗に刈り込まれた青々とした芝生が広がり、それを縫うように石畳の小道が邸宅の玄関まで続いていた。庭の奥では色鮮やかな花々が咲き誇り、高い木々が風に揺れている。中でも印象的だったのは、優美な水しぶきが踊る大きな噴水。贅を尽くした壮麗な風景は俺を不安にさせた。

こんなところに来て、本当によかったんだろうか。

自然に歩くスピードが落ち立ち止まると、前を行く男が振り返る。

『瀬古さんは、離婚されたのですね』

『えっ？』

この男は俺が知らないことを知っていた。

署名捺印した離婚届を涼に送ったが、それが提出されたかは確認していなかった。というより、確認したくなかったんだ。もしかしたら涼の気が変わって俺達はまだ夫婦のままかもしれない。そんな微かな希望は彼の一言であえなく打ち砕かれる。

『俺は……離婚していたんですか？』

男は一瞬怪訝そうな顔をしたが、すぐに口元が綻んだ。

『おかしなことを言いますね。ご自分のことなのに』

『すみません。離婚の手続きは妻に任せていたので。正式に離婚したかは知りませんでした』

『ああ、なるほど。そういうことですか』

『あの、ひとつお聞きしたいのですが……堤さんは離婚届が受理された正確な日付をご存じですか？』

頷いた男が口にした日付は、離婚届が入った封筒をポストに投函した三日後。おそらく涼はあの封筒を受け取ってすぐに離婚届を役所に提出したのだろう。

迷いはなかったってことか。

俯く俺に、男は別れた妻に未練があるのかと聞く。

『いえ、ふたりで決めたことですから』

『そうですか。離婚は残念なことですが、その方がこちらとしては都合がいい』

それはどういう意味なのか、理由を聞いても男は微笑むだけで何も答えなかった。

そして豪華な調度品が並ぶ広いリビングで俺を待っていたのは、ロマンスグレーの大柄な中年男性。革張りのソファに身体を沈めた彼は立派な口髭を蓄え、威厳のある端整な顔立ちをしている。王者のような風格を湛えた切れ長の目で見つめられると、圧倒的な存在感に足が竦み部屋に入ることができない。

『こちらの方があなたの伯父にあたる朝日健介《けんすけ》氏です。健介氏は、株式会社ソレイユ物産の取締役社長をされています』

『はあ？　ソレイユ物産って……あの有名商社のソレイユ物産ですか？』

まさに青天の霹靂。仰天して思わず大声を上げる。

偶然にも、俺は涼と結婚が決まるまでソレイユ物産の入社試験を受けようと思っていたんだ。そのソレイユ物産の社長が、俺の伯父？

言葉もなく愕然としていると、深みのある声が静かに響いた。

『君が、愁矢か？』

『は、はい。かい……いえ、瀬古愁矢です』

そうだ。俺はもう海道愁矢じゃない。

『そうか、妹の……明穂《あきほ》の息子か。長い間、ひとりにして申し訳なかったね』

明穂は母の名。ということは、本当にこの人が母の兄、血の繋がった伯父なのか。

立ち上がった彼が俺の元に歩み寄ると涙で潤んだ目で優しく微笑み、俺の体を強く抱き締める。物心がついた時から父親が居なかったということもあり、大人の男性にそんなことをされた記憶がなく一瞬体が硬直したが、彼の中に自分と同じ血が流れているのだと思うとその温もりが堪らなく心地よかった。

暫くの抱擁の後、伯父は母の若い頃のアルバムを捲りながら今までの経緯を説明してくれた。

『妹の明穂は私の自慢の妹でね、私は妹が可愛くて仕方なかったんだよ』

写真の中の母はとても幸せそうで、俺が知っている母の顔ではない。

『しかし好きな男性《ひと》ができた。その男と結婚すると言い出して、私の父は大反対したんだよ。すると明穂はその男と駆け落ちしてしまったんだ。もうこの家には絶対に戻らないと置き手紙を残して……父は激怒して明穂を勘当した』

そして祖父は伯父にこう言ったそうだ。『明穂は死んだと思うことにする。お前もそう思え。明穂を捜すことは許さんからな』と。

『私は父に逆らうことができなかった。だが、妹のことは一日たりとも忘れたことはない』

伯父は、いつか祖父の気持ちが変わると信じて待ったが、祖父は亡くなるまで母を許すとは言わなかったそうだ。

『しかし父が亡くなり、入院していた病院のベッド周りの片づけをしていた私の妻が枕の下からあるものを見つけてね。それは、勘当したはずの娘の写真。明穂の写真だったんだよ』

『えっ』

『父はとうの昔に明穂のことを許していたが、それを口にすることはなかった。古い考えの人だったからね。意地を張っていたんだろう』

苦笑した伯父がアルバムを捲ると、台紙の色が他よりも白く、不自然に写真が抜けている部分が目に付く。

『おそらくここから抜き取ってこっそり病院に持っていったのだろう』

伯父はすぐさま顧問弁護士の堤さんに母を捜すよう命じ、遺産相続という名目で母の戸籍を取り寄せたのだが、母は十五年も前に亡くなっていた。そして俺の存在を知る。

『まさか明穂が亡くなっていたとは……ショックだったよ。ただ救いは、父が明穂の死を知らず逝ったこと。今頃、あの世で再会して仲よくやっているだろう』

そう思わないとやりきれないとため息をついた伯父が急に顔を上げ、俺を凝視した。

『愁矢、この家に来てくれないか？　君の母親が育ったこの家で私達と一緒に住む気はないか？』

突然の申し出に戸惑い答えられずにいると、伯父は更に驚きの提案をしてくる。

『できれば、君にこの家を……朝日家を継いで欲しい。そしてゆくゆくはソレイユ物産も君に任せたい』

『ちょっと待ってください。それはあまりにも唐突過ぎます』

『私には子供が居ないんだ。朝日家直系の血筋は君しか居ない。頼む。私達夫婦の養子になってこの家と会社を継いでくれ』

深く頭を下げる伯父の姿を無言で見つめ、俺は夢を見ているんじゃないかと思う。

日本を代表する総合商社。大企業のソレイユ物産に就職できたらどんなにいいだろうと思っていた自分が、会社トップの社長に？　あり得ないだろ。

『朝日さんとは今会ったばかり。そんな自分を血の繋がりだけで信用するのですか？』

『当然、君のことは調べさせてもらったよ。高校時代は成績優秀で特待生として国立大学に進学し、大学では経営学を学んで首席で卒業した。企業の上に立つ人物としては申し分ない。それに君はまだ若い。これから企業経営者に必要な帝王学をゆっくり学んでいけばいい』

強く乞われ、断りきれなかった。いや、本当にイヤならどんなことを言われても断れたはずだ。俺を迷わせたのは、離婚が成立し、涼と完全に縁が切れたことが分かったから。俺はもう、ひとりきりの寂しい人生に戻りたくなかったんだ。

『……でしたら、留学させてください。もっと深く経営学を学び、MBAを取得します』

MBAは国内に居ても取得できる。敢えて海外留学を希望したのは、別れてもなお心の中に居る愛しい女を忘れるため。遠く離れた異国の地で自分の全てを変えようと思ったんだ。

「でも、ダメだったよ。涼……」

海外留学の二年間では涼を忘れられなかった。なので、MBAを取得した後もロンドンに留まり、ソレイユ物産のイギリス支社で働いていたんだ。しかしいつまでもイギリスに居るわけにはいかず、日本に帰って来た。

帰国後は東京には戻らず、役員や大株主の信頼を得るためだと言って業績が低迷している関連会社を選び、事業再生に取り組んできた。なるべく遠くで、君に会うことのない場所で――。だが、三ヶ月前に状況が一変したんだ。常務が突然勇退したことでポストが空き、社長命令という形で東京本社に呼び戻される。

ここ数年、伯父に何度も本社異動を打診され、その度、適当な理由を付けて断ってきたが、それもそろそろ限界。観念して東京に戻り、一ヶ月は伯父の家で世話になっていた。伯父夫婦はとてもよくしてくれて不満はなかったが、なぜか妙に居心地が悪い。なので、マンション購入を検討していたのだが、その時にたまたま不動産会社にこのマンションを紹介され、見つけてしまったんだ。

俺が一番幸せだった頃の我が家を……同時に涼への想いが再燃し、あの眩しい笑顔が無性に見たくなる。

涼、今の俺なら認めてくれるか?

しかし会いには行けなかった。もし君が他の男と幸せに暮らしていれば、元夫の俺はこの世で一番会いたくない男だろう。

俺に許されていたのは、こうやって涼が居る家を眺めることだけ。なのにだ。まさか会社のエレベーターの中で涼と再会するとは……こんなことを言ったら笑われるかもしれないが、運命を感じたよ。俺達の縁はまだ切れていなかったのだと。

八年ぶりに見た涼は想像以上に綺麗になっていて、エレベーターに飛び乗ってきた時は君だと気づかなかった。

随分元気な娘だなと思いつつ、俺に激突して倒れ込んだ女性社員に手を差し出した時、全身に電流が走るような衝撃を受けた。

涼、なのか？

透き通るような白い肌に朝露のような清らかな瞳。そしてフェミニンな香りがする柔らかそうなマロンブラウンの巻き髪――。

俺が知っている涼は黒髪のボブでほとんどメイクをしていなかったからかなり雰囲気が変わっていたが、なんとなくあの頃の面影は残っている。

しかしこの時点ではまだ半信半疑だった。

確かめようと一歩足を踏み出した時、同伴していた部下の怒鳴り声がエレベーター内に響き渡る。

『君、いつまで朝日常務の前に突っ立っているつもりだ。失礼だろ？』

『あ、さひ……常務？　えっ！　じょ、常務？』

数瞬、ポカンと口を開けた女性社員が俺の顔を凝視していたが、すぐに俺の前から飛び退いて深く頭を下げた。

『も、申し訳ございません』

この声は……間違いない。涼だ。

そう確信した途端、十八階のボタンを押した彼女の小さな背中をこの腕で強く抱き締めたいという衝動に駆られる。しかし当の涼は俺に全く気づいていないようだ。いや、気づいてない振りをしているのかもしれない。もしそうなら、他の社員が居る前で親しく話し掛けるのは避けた方がいいか。

涼の気持ちを汲んでやりたいと思いながらも、突然の再会に心が大きく揺らいで理性をコントロールできない。

どっちなんだ？　涼。

なで肩の華奢な背中と頭上の点滅する数字を交互に見つめ、心の中で何度も振り向いてくれと叫んでいた。しかし無情にも到着音が鳴り、エレベーターの扉が開く。

『君の所属部署と名前は？』

言葉が見つからず、思わずそう声を掛けていた。

『あ、じ、事業企画課の……海道涼葉です』

直後に扉が閉まり、奇跡のような再会は幕を閉じる。が、突然目の前に現れた涼のことが頭から離れず、常務室に戻るとすぐにデスクのパソコンで社員名簿を確認した。

同居家族は本人を入れて三人。大将と女将さん、そして涼ってことだよな。じゃあ、涼は独身？

『よかった』と呟いた直後、自分は何をやっているんだろうと自嘲する。

そんなことを調べてどうする気だ？　涼は俺と再会することを望んでいなかったかもしれないのに。

一度は思いとどまるも、出会ってしまったから。大人になった美しい涼を見てしまったから溢れる愛を抑えきれなかった。それに、詫びることも礼を言うこともなく家を出て不義理をしてしまった大将と女将さんのことも気になる。

今日の午後のスケジュールは珍しく会議がひとつあるだけ。長引いても四時には終わるだろう。そして八年前と変わっていなければ、居酒屋は定休日だ。

『行ってみるか』

涼が結婚していなくても付き合っている男や婚約者が居るかもしれない。それ以前に俺のことなど忘れているかもしれない。それはそれで仕方ないこと。このまま不安定な気持ちでいるより、確かめてはっきりさせた方がいい。

腹を決め、大将が好きだった羊羹を手土産に居酒屋に向かうと、案の定、暖簾《のれん》は出ていなかった。

『やはり今日は休みか』

店の外観は八年前と何も変わっておらず、懐かしさで胸が熱くなる。が、大将と女将さんが以前と同じように好意的に接してくれるとは限らない。

娘と離婚した男だからな……。

ひとつ大きな深呼吸をして引き戸を開けるも店内は無人でシンと静まり返っていた。

しかし引き戸が開いた音に気づいたのか、大将が店の奥から顔を覗かせる。

『大将、お久しぶりです』

笑顔で頭を下げたが緊張は隠せない。心なしか声が上ずっていた。

『えっ……まさか、愁矢か？』

『はい』

『本当に愁矢か？　お前、八年もどこ行ってたんだ？』

大将は靴も履かず裸足で駆け寄ってくると俺の身体を優しく擦ってくれた。まるで久しぶりに会った息子のように——。

『黙って出て行ったから心配してたんだぞ』

『すみません。今日はあの時のお詫びがしたくて伺いました』

心配することはなかったんだ。大将は俺を恨んでいない。

それから大将は俺のために食べきれないほどの料理を作ってくれて、その中には好物の鶏の唐揚げもあった。揚げたての熱々を頬張ると懐かしい味が口いっぱいに広がり、感動して泣きそうになる。

朝日愁矢と名乗るようになり、俺の食生活は大きく変わった。接待や会食で最高級と言われるフレンチや懐石料理を食するようになって随分舌も肥えた。一流と称されるシェフが厳選された食材で作る料理は確かに旨いが、俺にとっての最高のご馳走は大将が作ってくれるこの唐揚げだ。そしてしみじみ思う。俺が帰って来たかった場所はここだったのだと。

『大将、涼はどうしていますか？　好きな男とか……居るんでしょうか？』

単刀直入に聞くと大将が呆れたように笑う。

『涼葉のヤツ、お前と別れてから男っ気なしだよ。見合いを勧めても絶対イヤだって言うし』

そうか、付き合っている男は居ないんだな。

不安が一掃され安堵の息を吐いた時、背後で『ただいまー』という声が聞こえた。

『よう、お帰り』

俺を見た涼は驚きの表情で固まっていたが、突然焦ったように大声を上げる。

『どど、どうして常務がこんなところに居るのですか？』

その言葉を聞き、今度は俺が仰天して固まった。

エレベーターで会った時、涼は気づいていない振りをしていたんじゃなく、本当に気づいていなかったんだ。

俺としては疑問が解けて溜飲が下がったが、大将に俺が誰か聞かされた涼は大きな目を更に大きく見開き、その場に座り込んでしまった。そんな彼女に俺は再び手を差し出す。

八年間、想い続けた愛しい女——やっぱり俺は涼が好きだ。だからもう一度、君と家族になりたい。

しかし立ち上がった彼女は浮かない顔をして俺から目を逸らすと『着替えてくる』と呟き、自室がある二階へ行ってしまった。

離婚した男が突然現れたんだ。困惑する気持ちは分かる。そうだな。急ぐことはない。ゆっくりでいいんだ。俺はいつまでも涼が振り向いてくれるのを待つよ。

そして大将の言葉がその決意を揺るぎないものとする。

『愁矢、涼葉のことは気にするな。あいつ、きっと照れてるんだ。涼葉は愁矢と別れた後もお前のことが気になっていたと思う。まだ愁矢のことが好きなんだよ』

『本当にそう思いますか？』

『ワシは涼葉の父親だぞ。あいつの気持ちくらい分かる』

ならば、俺の気持ちも大将に伝えておこう。

『俺も、涼のことがずっと気になっていました。今でも涼のことが好きです』

『おっ、おお！　そうか！　じゃあ、二階へ行って涼葉と話してこい』

あの時の大将の言葉は本当に嬉しかった。俺に希望を与えてくれたんだからな。でもまさか、あのベッドがまだあったとは……。

ドアをノックして涼の部屋に入った俺は、まずそのことに驚いた。

別れた男と寝ていたベッドだ。普通は処分するよな。

『もしかして、まだ俺に未練があるから捨てられなかったとか？』

ちょっと意地悪な質問をすると涼が慌てて否定した。

『私は捨てるつもりだったけど、お父さんが……そう、お父さんが高かったから捨てるのは勿体ないって、だから仕方なく……』

『そうか、仕方なく……か』

今はそういうことにしておこう。

ベッドに座っている涼の隣に腰を下ろすと、その反動で彼女の身体が跳ね上がり、俺の方に倒れてくる。

『わわっ！』

『おっと、危ない』

華奢な身体を抱き留めて柔らかな感覚が伝わってきた瞬間、あの頃に戻ったような気がした。夫婦だったあの頃に……。しかし幸せに浸っていられたのはほんの数秒。長くは続かなかった。

『放して。私達はもう抱き合う仲じゃない』

そうだった。急いてはいけない。

『確かに、そうだな』

だが、愛らしい綺麗な瞳を見ていると、つい本音がぽろりと口をついて出る。

『綺麗になったな……涼。見違えたよ』

『私も見違えた。まさか愁矢がソレイユ物産の常務だったなんて……社長の甥なんだってね。天涯孤独っていうのは嘘だったんだ』

『嘘をついたわけじゃない。知らなかったんだよ』

俺がここに来たもうひとつの理由は、その経緯を説明するため。

なぜ俺の苗字が朝日なのか、どうしてソレイユ物産の常務なのか、涼は俺の話を真剣に聞いてくれた。そして全てを伝え終えた時、真っすぐ俺を見据えこう言ったんだ。

『愁矢は、今……幸せ？』

意外な質問に驚くも、気持ちを落ち着かせ笑顔で頷く。

『……そうだな』

涼と再会できた俺は、間違いなく幸せだ。

『で、そっちはどうなんだ？　涼は今、幸せか？』

実は、ずっと気になっていたんだ。十八歳という若さで俺と離婚したことで涼の人生を狂わせてしまったんじゃないかと……。

八年前の俺は男としても人間としても未熟で、涼との間に溝を作ってしまった。自分の不甲斐なさを嘆き、君に何もできなかったことを悔やんだよ。俺がもっと強く、大人だったら涼を守れたのかもしれないと……。

しかし過ぎ去った日々を取り戻すことはできない。ならば、願いはひとつ。君が新たな道を歩む中で、あの眩しい笑顔を失わず幸せで居ること。

そして今君は、俺の問いに幸せだと満面の笑みで答えた。嬉しかったよ。君が昔のように笑ってくれたことが何より嬉しかった。

『そうか。涼は幸せなんだな。よかった』

安堵する俺に涼は笑顔のまま、そろそろ女将さんが帰って来る頃だと言う。

そうだな。再会するまでのことは伝えられた。これだけ話せれば十分だ。また来るよ……涼。

だが、部屋を出てドアを閉めた瞬間、八年前にこの部屋を出た時の光景が頭を過り、足が止まった。確かあの時、涼を幸せにしてやれなかったことを詫びたんだよな。でも今なら自信を持って言える。

――涼を必ず幸せにする。俺が今よりもっと、君を幸せにするよ。


翌日も仕事が終わると海道家へ向かった。

『次の交差点を右に曲がってくれ』

俺の指示に専属運転手が戸惑った様子で返してくる。

『また、あの居酒屋に行かれるのですか？』

『ああ、料理が旨くてね。昔からの馴染みの店なんだ』

『えっ！　朝日常務、居酒屋の常連なのですか？　意外です』

意外か……そうでもないんだが……。

苦笑しながら居酒屋に横付けされた車から降りると暖簾をくぐって引き戸を開ける。

時間は午後八時。一番混む時間帯で店は満席状態だ。学生アルバイトが忙しそうに店内を動き回っている。

八年前の俺のようだ。

店内の賑やかな雑踏の中、懐かしさを感じつつ学生アルバイトの姿を目で追っていると、大将の大きな声が聞こえた。

『おっ！　愁矢、また来たか。ここに座れ』

大将が指差したカウンター席に座り、近くに居た女将さんに会釈して熱燗と数品のつまみをオーダーする。

『相変わらず繁盛してますね』

『まぁな。最近はこの辺りも飲食店が増えて昔からある店は経営が苦しくなったって聞くが、ウチはこうやって来てくれる常連さんが居る。有難いことだよ』

その言葉に大きく頷いた女将さんが笑顔で俺の目の前にカレイの煮付を置いた。

『あっ、カレイの煮付は頼んでいませんが……』

『サービスだよ。愁矢、それ好きだったでしょ？』

俺の好物を覚えてくれていたのか。

女将さんの優しさが胸に沁みる。

『忙しいから相手してやれないけど、ゆっくりしていって。涼葉ももうすぐ帰って来ると思うから』

『俺のことはお構いなく。ひとりで勝手にやってますから』

しかしアルコールが入ると一時間も経たないうちにウトウトし始めた。

『おい、愁矢、眠いんだったら、もう帰って寝ろ』

大将の声でハッとして顔を上げるも強烈な睡魔に勝てず瞼が下がっていく。その様子を見た女将さんが呆れ顔で俺の腕を引っ張る。

『もう～だらしないねぇ。ほら、立って!』

『あ、でも、涼が帰るまでは……ここで待たせてください』

『だったら涼葉の部屋で待ってたら?　こんなところで寝られたら営業妨害だよ』

『ああ、そうだな。美奈ちゃん、愁矢にワシのスウェット貸してやってくれ』

ふたりにそう言われて二階に上がってきたが、さすがに勝手に部屋に入るのはマズいよな。

ドアの前の壁にもたれ掛かり、アルコールと眠気で朦朧とする頭で思案する。

二階には他にも部屋がある。常識的に考えれば、そっちで待つのが妥当だろう。でも……。

『ま、いいか……』

酔った勢いでドアを開け、あのベッドの上に倒れ込む。

涼、すまない。ここがいいんだ。

それからどのくらい眠っていたんだろう……誰かに自分の名を呼ばれたような気がして目を開けると、ぼやけた視界に愛しい涼の顔が浮き上がってきた。

朝、目を覚ますと隣に涼が居る——このシチュエーションを何度夢見たことか……。夫婦だった頃は当たり前の光景だったが、涼と別れてからは朝起きるといつもひとり。それが堪らなく寂しかったんだ。だから驚きの表情を見せ、俺から離れようとした彼女を強引に引き寄せてしまった。

涼……行くな。傍に居てくれ。

初めは抵抗して暴れていた涼だったが急に大人しくなり、俺の胸に顔を埋める。

俺を受け入れてくれたのか？

嬉しくて彼女の頭に頬擦りするも、ローテーブルの上のデジタル時計が視界に入り、一気に酔いが醒めた。

もう十二時じゃないか。こんな遅い時間まで何やってたんだ？

『涼、遅かったな。待ちくたびれたぞ』

素直に認める。これは嫉妬だ。

『えっ？』

小さく声を上げた涼が俺の腕からするりと抜け出し、待っていてくれと頼んだ覚えはない。なぜ俺がここに居るんだと不服そうな顔をする。

涼には、仕事が忙しく睡眠不足だったので涼を待っている間に眠ってしまったと説明したが、実はそうではない。昨夜、涼に会えたことが嬉しくてなかなか寝付けなかったんだ。そしてまた明日も涼の顔を見に行けると思うと興奮して目が冴えてしまった。まるで遠足前夜の浮かれた小学生のように……。

しかし俺が期待していたような色っぽい話にはならず、涼は仕事の不満を口にする。

俺が指示した事業投資の企画書の件だ。

『あれは、事業企画課の士気を上げるためだ』

そして涼にチャンスをやるため。頑張ってソレイユ物産に入社して、花形部署に配属されたんだ。常務の俺ができることは全てしてやりたい。だからこのチャンスを逃して欲しくなかったんだが、大きな瞳に戸惑いと困惑を漂わせた涼が業務命令を撤回しろと迫ってくる。

『愁矢のイジワル！　もういい。帰って』

『なんだよ。涼の顔が見たくてずっと待ってたのに』

俺としては、本心をそのまま言葉にしただけだったのに、この一言がなぜか涼の気に障ったようで、突然『節操がない！』と意味不明なことを言い出す。

涼の怒りのツボがいまいち分からないな。

『とにかくもう帰って。女性の部屋に断りもなく勝手に入るなんて最低！』

それを言われると返す言葉がない。

『今日は機嫌が悪いみたいだな。じゃあ、また来るよ』

『来なくていい！』

涼に無理やり部屋から追い出され、何がまずかったのだろうと首を捻る。

まあいい。また明日来るか。

そして俺は次の日も、また次の日も仕事終わりに居酒屋に飲みに行った。が、部屋に居るはずの涼は一向に顔を出さない。

会いたかったよ。何度も涼の部屋へ行こうと思った。だが、焦らず待つと決めたから、君が自分の意思で店に来てくれるのをひたすら待った。そして今夜、ようやく涼が閉店後に顔を見せてくれたのだが……。

俺がロンドンの友人と電話を終え店に戻ると、カウンターに座った涼が美味しそうに親子丼を食べていた。

涼、やっと来てくれたな。大将から今日のまかないは親子丼だと聞き、もしかしてと思って帰らず待っていた甲斐があった。

俺も涼の隣に座り、久しぶりに大将が作ってくれた親子丼に舌鼓を打つ。

一気に食べ終えると八年前のことが思い出され、あの頃が一番幸せだったとしみじみと呟く。だが、本音を吐露した直後、涼の口から思いもよらぬ言葉が飛び出す。

『愁矢は、残酷な人だね』

俺が……残酷？

『こんな時間まで飲んで遊んでる暇があるなら、家に帰ったらどう？』

どうやら俺は、また地雷を踏んでしまったようだ。しかしその地雷原が今回もサッパリ分からない。仕事を終えた後はプライベートの時間だ。どう過ごすかは俺の自由。何がそんなに気に入らないんだ。

突然怒り出した涼の心を探るように見つめていると、大将まで俺に帰れと言う。さっきまで、まかないを食べてゆっくりしていけ。なんなら泊まっていってもいいとまで言ってくれていたのに……。

当惑しつつ女将さんの方に視線を向けると、気まずそうに目を逸らした。

明らかに大将と女将さんの態度が変わった。俺にここに居て欲しくないという気持ちが伝わってくる。まるで三人との間に高い壁が存在しているようで、久しぶりに感じた孤独と排除感。胸に鈍い痛みが広がった。

愛する人達に拒絶されるのは何より辛い。

『分かりました。では、今日はこれで……ご馳走様でした』

重苦しい空気に耐えきれず店を出たが、今はその理由を聞かなかったことを後悔している。

離婚した涼が俺を遠ざけようとする気持ちは理解できる。でも、大将と女将さんは再会した時から俺を歓迎してくれていた。涼が店に来る前、思い切って大将と女将さんに涼とよりを戻したいと言った時はあんなに喜んでくれていたのに……。

「俺はもう、あの人達の家族になれないのか……」

窓硝子に映った俺の顔は苦悩に歪んでいた。

第四章　愛するが故の決断

「愁矢、もう店に来ないかもな」

土曜日のお昼前、居間で寝転びテレビを観ていた父親が独り言のように呟く。

「かもね。でも、それでいいんだよ」

口ではそう言ったものの、もう愁矢に会えないのだと思うと寂しくて、吐き出した息が少し震えている。

「でもなぁ～まさか愁矢が再婚していたとは……あいつ、涼葉とやり直したいって言ってたんだぞ」

「酔っ払いの戯言だよ。そんな言葉を真に受けるなんて、お父さん、何年居酒屋やってるの？」

窘めるように強い口調で言うと、丸まった背中を伸ばして立ち上がる。

「どこ行くんだ？」

「甘いものが食べたくなったから、ちょっとコンビニ行ってくる」

本当は甘いものなんて食べたくない。居間を出たのは父親と離れたかったから。一緒に居たら愁矢の話題ばかりで滅入ってしまう。

店の引き戸を開けて外に出ると、お向かいの時計屋のおばさんに声を掛けられた。

「あら、涼葉ちゃんじゃない。今日はお休み？」

いつもすっぴんで地味な服装なのに、今日は珍しくメイクをして真っ赤なコートを着ている。

「はい。おばさんはお出かけですか？」

愛想笑いを浮かべて会釈をした時、近づいて来た彼女から甘い香りが漂ってきた。

あ、この香りは……。

忘れもしない。八年前、私達が別れを決めた日に愁矢から香ってきたのと同じ香水だ。

「今から学生時代の友人とランチなの」

「そうですか。いいですね。楽しんできてください」

一刻も早くこの香りから遠ざかりたくて歩き出すも、おばさんに引き留められる。

「あ、そうそう！　最近、愁矢君が毎日のように来てるみたいだけど、よりが戻ったの？」

目ざとい。さすが町内一のゴシップ好きと言われるだけのことはある。

「実はさ、愁矢君にはとってもお世話になったのよ。奥さんの涼葉ちゃんにもお礼を言いたかったんだけど、あなた達、知らないうちに別れちゃったでしょ。だから言いそびれちゃって……」

違和感が半端ない。愁矢とおばさんは顔見知りだったけれど、お世話になったと言われるほど親しくはなかったはず。

「愁矢にお世話になったって、どういうことですか？」

「八年くらい前だったかなぁ～私の母親が足を悪くして歩けなくなったの。私は離れて暮らしていたからなかなか世話ができなくて、昼間は介護施設のデイサービスを利用していたのよ。でも、お母さんが行くのを嫌がってね。難儀していたんだけど、ある日を境にデイサービスに行くのが楽しみになったみたいで……涼葉ちゃん、どうしてだか分かる？」

いきなりそんな質問をされても見当もつかない。そもそも、この話のどこに愁矢が関係しているんだろう。

「さぁ～？　なぜですか？」

「お母さんったらね、その介護施設の男性介護士さんに惚れちゃったのよ！　その介護士さんが、愁矢君だったの」

「えっ……」

意味が分からない。おばさんは誰かと愁矢を間違えているんじゃあ……。

「愁矢は介護士の経験はなかったと思うんだけど……」

するとおばさんが意味深なことを言う。

「じゃあ涼葉ちゃん、あのことも知らないんだ」

そんなこと言われたら気になるじゃない。

なんのことかと聞くと、おばさんは勿体ぶるようにニヤリと笑った。

「そうねぇ～あれから随分経つし、涼葉ちゃんと愁矢君のよりが戻ったんだから、もう話してもいいよね」

よりは戻っていないが、敢えてそこはスルーする。

「私のお母さんね、ホームの介護士さんにラブレター渡してたのよ」

おばさんは、デイサービスから戻ったお母さんの巾着袋の中に一枚のメモが入っていることに気づく。それは【お手紙、有難うございます】という感謝の言葉から始まるお母さん宛の手紙だった。内容は、お母さんからの交際申し込みを丁重に断っているものだったらしい。それだけでも驚いたのに、最後に書かれていた〝海道愁矢〟という名前を見て腰が抜けそうになったのだと。

「えっ！　愁矢の名前が？」

「そうなのよ～相手の介護士さんが涼葉ちゃんの旦那さんだと分かってビックリしちゃってね。お母さんに詳しい話を聞いたら、最近入った新人の介護士さんで、とっても優しいイケメンの男の子だって言うじゃない」

お母さんは完全に振られてしまったがまだ諦めていなかったようで、念入りにメイクをしてウキウキでデイサービスに行くようになったそうだ。

「メイクだけじゃないのよ。私の娘がお母さんのところに遊びに行った時、たまたまつけてた香水の香りが気に入ったみたいでね、娘に同じものを買ってこさせてデイサービスに行く時にその香水をつけるようになったの」

しかし加減が分からないから香水を体中に大量に振り掛けてしまい、匂いがキツくて気分が悪くなるからなんとかしてくれと送迎のドライバーさんからクレームが入ったこともあったそうだ。

「ホームの職員さんや介護士さんには迷惑を掛けちゃったけど、私としては愁矢君のお陰でお母さんが喜んでデイサービスに行ってくれるようになって、ホントに助かったのよ。あっ、そうそう、今私がつけてるこの香水。実はお母さんがつけてたのと同じなの。若い子向けの香水だからどうかと思ったんだけど、適量だと凄くいい香りだから娘のを拝借しちゃった」

えっ……ちょっと待って。今おばさん、さらっと凄く重要なこと言ったよね。

送迎のドライバーさんからクレームがくるくらい大量に香水をつけていたのなら、愁矢がおばさんのお母さんを介護している時にこの香りが移った可能性もあるってことだ。もしそうなら、あの浮気疑惑は……。

ぞくりと寒気がして全身が粟立つ。

でも、これはただの推測で、まだそうと決まったわけじゃない。偶然同じ香水をつけていた女性と関係があった可能性もある。

愁矢の浮気は自分の勘違いだと認めたくなかったのは、怖かったから。もしそれが事実なら私はとんでもない過ちを犯していたことになる。自分の愚かさに失望したくなかったんだ。

「おばさん、どうして愁矢は介護施設で働いていたんですか？」

そう、一番の謎はそこだ。なぜ愁矢は私に黙って介護士をしていたんだろう。

「それはね、涼葉ちゃんのためだよ」

「私のため？」

おばさんのお母さんのお気に入りの介護士が愁矢と分かった翌日、おばさんは居酒屋の前を掃除している愁矢を見つけ、お礼を言った。

「母がデイサービスでお世話になっていますって。そうしたら愁矢君、酷く慌ててね、自分が介護施設で働いているってことは絶対に涼葉ちゃんには言わないで欲しいって」

おばさんは不思議に思い、その理由を聞いたそうだ。

「愁矢君、自分に甲斐性がないことを気にしてるみたいだった。結婚に関わる費用は全部涼葉ちゃんの両親が出してくれたから、せめて婚約指輪だけは自分で稼いだお金でプレゼントしたい。結婚式の日に涼葉ちゃんにその指輪を渡すんだって……」

「愁矢が、そんなことを？」

茫然自失。一瞬にして心が凍りついたように感じた。

愁矢との関係を終わらせたのは間違いだった。浮気も私の勘違い。愁矢は私を、私だけを愛してくれていた。そんなことにも気づかず、愁矢を疑い、責め、酷い言葉で罵ってしまった。若かった、なんて理由で許されるものじゃない。私は最低の女だ。

でも、どんなに後悔してももう遅い。今の愁矢には私より大切な女性《ひと》が居るんだから。

「愁矢君は優しい子だよ。そんな愁矢君に好かれてる涼葉ちゃんは幸せ者だ。じゃあ、優しい旦那さんによろしくね」

おばさんが笑顔で去って行く。赤いコートの背中が視界から消えて見えなくなっても、私はその場から動くことができなかった。

愁矢、ごめん。本当に……ごめん。もっと早く、八年前に知りたかったよ。


「愁矢、やっぱり来なかったな」

居酒屋の閉店後、片づけを手伝っていると父親が寂しそうに溢す。

そうだよね。さすがにもう来ないよね。愁矢にまたあんな酷いことを言って辛く当たってしまったんだから。

当然のことだと思っても、父親と同様、私も愁矢がここに来ることを願っていた。

八年前のことを謝りたかったんだ。今更詫びたところでどうしようもないことだけど、ただ、謝りたかった。でも私は彼の携帯番号もどこに住んでいるのかも知らない。

同じ会社の社員なのだから会社に行けば会えるかもしれないと思ったが、一般社員の私が勝手に常務室に押し掛けたら間違いなく愁矢に迷惑を掛ける。それに、私が彼の元妻だということがバレて、それが奥さんの耳に入るようなことがあれば、私はもうソレイユ物産には居られない。

どうしたものかとため息をついた時、隣で包丁を研いでいた父親が自分のスマホを手に取り、思いもよらぬことを言う。

「愁矢に電話してみようかな～」

「えっ！　お父さん、愁矢の電話番号知ってるの？」

「ああ、八年ぶりにここに来た時、前と番号が変わったからって、教えてくれた」

「もぉ～そうならそうと早く言ってよ！」

私は父親の手からスマホを奪い取ると店の外に出た。

寝ていてもおかしくない時間に電話が掛かってきたら奥さんが変に思うかもしれない。でも、仮に奥さんが着信の画面を見みたとしてもお父さんの名前が表示されていたら怪しまれることはない。

ひとつ大きな深呼吸をして愁矢の名前をタップする。

もう寝てるかな？　でも、少しでも早く謝りたいから……お願い。出て。

『――はい』

予想に反してワンコールで愁矢の声が聞こえた。こんなに早く電話に出るとは思っていなかったので焦ってしまい、言葉が出てこない。

「あ、あああ……」

『涼か？　大将だと思ったよ』

『ご、ごめん。愁矢に話したいことがあって……」

『涼が俺に？　そうか、実は俺も涼に話があるんだ。今から会えるか？』

「えっ？　今から？」

『俺がそっちに行く。待っていてくれ』

こんな時間に外出して奥さんに怪しまれないのかなと心配になったが、本人がそう言うのだから大丈夫なのだろう。それに私も電話ではなく、ちゃんと愁矢の目を見て謝りたかったから待つことにした。が、気掛かりは父親だ。愁矢と話をしている最中に邪魔されたくない。

一旦、店に戻って両親に今から愁矢と大事な話をするから外には出て来ないでと念を押し、店から少し離れた歩道に立って愁矢が来るであろう大通りの方向に目を向けた。

謝りたい一心で愁矢に電話をしてしまったが、冷たい北風に吹かれていると熱くなっていた頭が徐々に冷やされ、本当にこれでよかったのかと不安になってくる。

八年も前のことを今更謝られてもなって感じだよね。でも、愁矢の優しさを知ってしまったから、どうしても謝りたい。

大通りに向いていた視線を空に移すと、珍しく少し星が見える。その儚い瞬きを眺めながらため息をついた時、私の名を呼ぶ愁矢の声が聞こえた。

彼が現れたのは大通りではなく、居酒屋の前の細い路地。

「はあ？　歩き？　車で来ると思った」

それに、電話を切ってからまだ十分も経ってない。

「地下の駐車場に行くより、歩いて来る方が早いと思ったんだよ」

いや、絶対走った。歩いて来たらそんなに息上がらないでしょ？

白い息を吐き出しながら近づいて来る愁矢を複雑な気持ちで見つめる。

「愁矢、いったいどこに住んでるの？」

微笑んだ彼が指差したのは、通勤途中に毎回見上げていたあのタワーマンションだった。

「嘘。こんな近いところに居たなんて」

「部屋からの景色が気に入ってな。それより、寒いのに外で待ってたのか？　風邪ひくぞ」

愁矢は冷えた私の手を取ると両手で包み、温めてくれる。

あんな酷いことを言った私に、どうして愁矢はそんなに優しいの？　その優しさに気づいていたら、今頃私達はまだ夫婦だったのかもしれない。

込み上げてくる後悔の涙を必死に堪え、謝らなくちゃと思った時、愁矢がとんでもないことを言い出した。

「こんな寒いとこで立ち話もなんだし、俺の家……来るか？」

衝撃発言に驚き、プルプルと首を振り全力で拒否する。

「なんで？」

「当たり前でしょ？　さすがに奥さんが居るマンションには行けないよ。修羅場になったらどうするの？」

僅か半年でも私は愁矢の妻だった。そんな女が突然家に来たら、私だったら絶対にイヤだ。

「奥さん？」

「隠さなくてもいいよ。愁矢が結婚してるの、知ってるから」

その一言で、私に向けられていた視線が急に険しくなった。

「そう思った根拠は？」

「指輪だよ。その左手のシルバーリング。結婚指輪でしょ？」

彼が神妙な顔つきで自分の左手を見つめている。

今、愁矢が思い浮かべているのは、同じ指輪をしている妻の顔――そう思うと寂しくて、心の奥で嫉妬の炎が燻り始めた。

私に嫉妬する資格なんてないのに。早く愁矢に謝って奥さんの元へ帰してあげないと。

「なるほどな。涼が俺を遠ざけようとしていた理由がやっと分かった」

そう言った時にはもう、愁矢は私の腕を掴み歩き出していた。

「ちょっと、どこ行くの？　放して」

「心配するな。家には誰も居ない」

えっ、奥さんは留守ってこと？

しかしそれはそれで問題だ。奥さんが居ない間に家に上がり込むのは完全にルール違反。

足を踏ん張り抵抗するも、今度は身体をひょいと持ち上げられてズルズルと引きずられていく。どんなに暴れても小柄な私が彼の力に敵うはずもなく、気づけばあのタワーマンションの前まで来ていた。

「これ、拉致だよ！」

「だったら、警察呼ぶか？」

私を解放した愁矢がご丁寧に自分のスマホを差し出してくる。

そんなこと、できるわけないじゃない。

「愁矢の……バカ」

観念してスマホを持つ手を押し返すと、愁矢がマンションの硝子扉を開けた。風除室は暖房が効いていてとても暖かい。冷たい外気に晒され強張っていた全身の筋肉が一気に解れていく。が、さすがに心の中までは温めてはくれなかった。

「ほら、行くぞ」

愁矢がパネルにカードキーをかざしオートロックを解除すると、静かに開いた自動扉へと足を踏み出した。

慌ててその後を追った私の目に飛び込んできたのは、吹き抜けの大きなエントランス。

頭上から降り注ぐ暖色系の光が光沢のある大理石の床を照らし、その反射が空間全体を優雅に包み込んでいる。また、壁一面に施された美しい彫刻はまるで海外の美術館のようで、その精緻な細工に思わず見惚れてしまった。更にエントランスの奥にはカウンターとラウンジスペースがあり、男女のコンシェルジュが柔らかい笑顔を私達に向け、一礼した。

その光景を目の当たりにし、改めて愁矢は私とは違う世界に行ってしまったのだと実感する。

「さすがソレイユ物産の常務だね。私達庶民とはレベルが違う」

「そんなことないさ。俺は俺、何も変わらないよ」

「変わったからこんな凄いタワマンに住んでるんでしょ？　私には敷居が高いよ。なんなら、話はあのラウンジでもいいんだけど……」

大真面目で言ったのに、鼻先で一笑されてしまう。

愁矢の部屋は三十五階らしいが、高速のエレベーターなのであっという間に到着してしまった。重厚な玄関扉の前に立つと緊張して足が震える。

「どうぞ。入って」

おっかなびっくり中を覗いた時、愁矢が突然大声で「今帰ったよー」なんて言うから度肝を抜かれ、一気に血の気が引いていく。

やっぱり、奥さん居るんじゃない！

慌てて逃げ出そうとしたがドアを閉められて万事休す。しかしどんなに待っても足音どころか物音ひとつしない。

「冗談だよ。俺は独り暮らしだ」

「独り……暮らし？」

その言葉通り、案内された二十畳ほどの広いリビングに人の気配はなく、グレーのレザーソファとローテーブルがあるだけでガランとしている。

別居しているのかなと目を瞬きながらその殺風景な景色を眺めていると、ソファに座るよう促した愁矢が白い湯気が立つカップをローテーブルに置いた。

「これ、好きだったろ？」

私がホットミルクティーを好きだってこと、覚えてくれてたんだ。

一口飲むとその熱が五臓六腑に染み渡り、心もほんのり温かくなる。

懐かしいな。昔はよく一緒に飲んだよね。でも、愁矢とホットミルクティー飲むために私はここに来たわけじゃない。八年前のことを謝らないと。

カップをローテーブルに戻し、軽く咳払いをして隣の愁矢に視線を向けた。だが、彼の方が先に口を開く。

「俺は独身だ。結婚はしていない」

「えっ？」

愁矢は私の目の前に左手をかざし、ゆっくりシルバーリングを引き抜く。

「この指輪……忘れたのか？」

そう言った彼が私の手を取り、外した指輪を掌に置いた。

「どういうこと？」

「いいからその指輪の内側を見てみろ」

そこに刻まれていた文字は〝S with S〟。見覚えがある刻印だった。

〝涼葉は愁矢と共に〟ふたりが同じSのイニシャルだったから、どっちがどっちか分からないねと笑った過去が蘇る。

「これは、涼と結婚した時に女将さんからプレゼントしてもらった結婚指輪だ」

「……嘘」

愁矢は私と別れた後も結婚指輪を外さず、ずっと付けてくれていたのだ。

片や私は、離婚届を提出した直後に指から外し、家に帰る途中にあった川に投げ捨てていた。

「ああ、そんなことって……」

シンプルでありふれたデザインだったから全然気づかなかった。

「忘れるなよな」

綺麗な双眼を細め微苦笑する愁矢に何度も頭を下げ、誤解していたことを謝る。そして八年前のことも詫びた。

「そうか……時計屋のおばさんに聞いたのか」

今度は恥ずかしそうに照れ笑いする。

「愁矢は私を喜ばそうと介護の仕事までしてくれていたのに、私は自分のことしか考えていなかった」

「いや、サプライズに拘って真実を話さなかった俺にも責任がある。そのせいで涼に辛い思いをさせてしまったんだからな。でもまさか、あのラブレターをくれたおばあさんが付けてた香水のせいで浮気を疑われていたとは……確かに、車椅子からの移動は身体を抱えて補助するからその時に匂いが移ったのかもしれない」

このことに関しては笑うしかない。

精一杯背伸びをしていた愁矢と、結婚に夢を抱き過ぎた私。今こうやって笑い話にできたことがせめてもの救いだ。

「あ、それで、愁矢の話ってなんだったの？」

自分の目的を達成してすっかり忘れていたけど、愁矢も私に何か言いたいことがあったんだ。

しかし愁矢は何も言わず、ローテーブルの上に置いてあったリモコンのボタンを押して立ち上がる。すると背後のカーテンが自動で開き始めた。

「わあ～！　綺麗～」

ちょっと行儀が悪いけど、ソファに膝立ちになり、背もたれから身を乗り出して壮大な光の海を眺望する。

タワーマンションの高層階から眺める深夜の街は、まるで星が地上に降り注ぐかのような幻想的な輝きを放っていた。が、この景色と愁矢が話したかったことがどう繋がるのか。

「私にこの夜景を見せたかったってこと？」

ゆっくり首を振った愁矢がある方向を指差した。その指先を辿っていくと……。

「あれ？　私の家ってあの辺だよね。もしかして、ここから見えるの？」

「ああ、よく見える。だからこのマンションに決めたんだ。姿は見えなくても、そこに涼が居ると思うと嬉しかった」

「……愁矢」

「何度も涼のことを忘れようと思ったが忘れられなかった。指輪も外せなかった。自分がこんなに諦めの悪い人間だとは思わなかったよ。おそらく涼を想う気持ちは一生変わらないだろう。だからもう一度、涼とやり直したい」

心拍数が上がり、動悸が乱れた。そして窓際に立つ彼の姿が涙で滲んでいく。

どうしても忘れられず、八年前の面影を追っていたのは私だけじゃなかったんだ。

最高に嬉しかったけれど、素直に頷くことができない。それはきっと、八年前と状況が変わってしまったから。今の愁矢はこんな凄い高級マンションに住み、日本を代表する総合商社、ソレイユ物産の常務。将来は社長になる人物だ。どう考えても釣り合わない。

「でも、私と愁矢とでは、もう住む世界が違うから」

唇を噛み視線を落とすと、すぐさま愁矢が長い指で私の顎を持ち上げる。

「そんな理由で断られるのなら、俺は全てを捨てる」

清らかな瞳から感じるのは揺るぎない決意。

愁矢は本気で地位も名誉も捨てる気なんじゃあ……。

「それはダメ。せっかく血の繋がった伯父さんと会えたのに」

「確かに肉親に会えたことは嬉しい。でもな、涼と離婚して気づいたんだよ。血の繋がりよりもっと大切なものがあるってことに。俺の真の家族は海道家の人達だ。大将と女将さん、そして涼が俺の家族なんだよ」

愁矢が私達のことをそこまで大切に思ってくれていたなんて……。

そして愁矢は、また〝海道愁矢〟に戻ってもいいとまで言ってくれた。

「大将は今でも涼に婿を取って海道家を継いで欲しいと思っているようだったからな」

「でも、そんなことをしたら愁矢の伯父さんが、社長がなんて言うか……社長も愁矢に朝日家とソレイユ物産を継いで欲しいって思ってるんでしょ？」

「まあな。伯父に納得してもらうには、多少時間が掛かるかもしれない」

しかし愁矢は、どんなに時間が掛かっても社長を説得すると強い口調で言う。

「それに、俺の存在を知らなかった時は、祖父の姉の孫……つまり、伯父の従兄の息子を養子に迎えて朝日家を継がせることになっていたと聞いた。会社の方も専務に任せるつもりだったそうだ。ソレイユ物産の専務は、伯父の奥さんの弟だからな。そういうわけだから跡継ぎが誰も居ないというわけじゃない。でも、海道家は涼しか居ないだろ？」

「いや、そうでもないんだよね」

父親には二歳下の弟が居て、その弟には男の子が三人も居るのだ。婿養子を取るのがイヤだった私は、海道家はその叔父の息子に継がせればいいと父親に言ったことがあったのだが、それはあり得ないと却下された。父曰く、家を継げるのは直系の嫡子のみ。分家から跡継ぎを出すことは許されないと。

「なら、やはり海道家には涼しか居ないってことだろ？」

「う、うん。一応、そういうことになるけど……でも、愁矢は本当にそれでいいの？

このまま朝日愁矢で居たら輝かしい未来が待ってるんだよ。それを全て捨てて後悔はないの？」

私は怖かったんだ。私と生きることを選んだ愁矢が何年か経った後にその決断を後悔したらどうしようって。だけど彼は迷うことなく即答する。

「後悔すると思ったら、端からやり直したいなんて言わないさ」

私を見つめる愁矢の瞳は窓から見える煌めく光より眩しくて、頬を包む大きな手は肌を焦がすくらい熱い。そして愁いを含んだ低く擦れた声が私の名を呼び――。

「涼、好きだ」

近づいてくる愁矢の顔の輪郭が徐々に曖昧になり、ゆっくり瞼が閉じていく。

ダメだよ。これ以上は、ダメ。

理性がギリギリのところでブレーキを掛けるも、彼の熱い吐息が肌に降り掛かった瞬間――拒めなかった。

「私も、好き……」

懐かしい柔らかさを唇に感じる。それは薄い皮膚の上で一度軽く弾み、次にふわりと優しく触れて、ちゅっ……と甘いリップ音を響かせた。

ああ、覚えてる。この感触……愁矢の唇だ。

嬉しくて思わず彼の背中に手を回すと、愁矢が私の後頭部を抱え、覆い被さるように激しく唇を押し当ててきた。

もう、この溢れる想いを止めることはできない。

私達はお互いの身体を強く抱き締め、密着した胸から伝わってくる微かな鼓動を感じながら夢中で唇を重ねた。

八年分の想いが籠もった荒々しく貪欲なキスは忘れかけていた欲望を呼び起こし、全身で愁矢を感じたいという欲求が強くなっていく。

もっと愁矢に触れたい。触れられたい。

そう思った絶妙なタイミングで「大人になった涼が欲しい」と言われたら抗うことができず、上気した顔で頷いていた。

私の部屋の倍はある広い寝室で、私達は八年ぶりに肌を重ねる。さっきの激しいキスが嘘のようにベッドの上の愁矢はとても優しく、丁重な愛撫で私の気持ちを高めていった。そして独占欲たっぷりの言葉で私の気持ちを更に高揚させる。

「涼は俺のものだ。この身体は誰にも触れさせない」

でも、一線を越えてしまったら、もう後戻りはできない。

一瞬頭を過った不安を掻き消したのは、脳天を貫くような熱い衝撃と痺れるような快感。突き上げられる度、甘美な刺激が全身に広がり、再びひとつになれた悦びで身体が震える。

もう後戻りできなくなっちゃったよ……愁矢。

愛欲に乱され、完全に降伏した心と身体――私は愛しい男性《ひと》の背に爪を立てながら快楽の沼に墜ちていった。

――翌日、日曜日。

「はあ？　愁矢と再婚することになったぁ？」

午後に愁矢と一緒に自宅に帰り両親に結婚の意志を伝えると、父親は素っ頓狂な声を上げて放心し、母親は驚きの表情で絶句していた。

昨夜、愁矢に抱かれた後、私は余韻に浸りながらそのまま眠ってしまい彼の家で朝を迎えた。本当はもっと早く自宅に戻って愁矢とまた夫婦になることを両親に報告したかったのだけど、一糸纏わぬ姿で目覚めた私達は甘い雰囲気の中で再び求め合い、朝日が差し込む寝室で濃密な時間を過ごした。そして何度も絶頂を共有しているうちにこんな時間になってしまったのだ。

八年前も愁矢は何も知らない私を大切に抱いてくれた。そんな彼に不満など微塵もなく、身も心も十分満足していたのだが、昨夜の交わりは以前とは全然違っていた。時折見せる気遣いと優しさは変わってなかったけれど、キスも愛撫も溶けてしまいそうなくらい濃厚で、初めて我を忘れ激しく乱れてしまった。

愁矢はそんな私を可愛いと言ってくれたけど、その場面を思い出すと恥ずかしくて、両親にこれまでの経緯を説明している愁矢の横顔を見ているだけで頬が熱くなる。すると、黙って愁矢の話を聞いていた父親がひとつだけ確かめたいことがあると言う。

父親が言いたいことは百パーセント予想がつく。

「海道家の跡継ぎのことだが……愁矢はまた、ウチの養子に入ってくれるのか？」

思った通りだ。父親にとってこれが何より重要なこと。

「はい、そのつもりです」

「そうか！　だったら何も問題ない」

だなんて、父親は呑気に笑っているけど、今回は前回とは事情が違う。愁矢はもう天涯孤独じゃない。彼の一存では決められないことだってある。

「愁矢は今、戸籍上では伯父さんにあたるソレイユ物産の社長の息子になってるの。

そちらの都合もあると思うし、すぐに結婚ってことにはならないと思う」

「そうなのか。で、愁矢の今の苗字は、なんだ？」

呆れた。お父さんって人の話を全然聞いてない。

「前に言ったでしょ？　朝日だよ。朝日愁矢」

「ふーん、朝日か……」

さほど興味がない様子の父親に今度は愁矢が話し掛けた。

「もうすぐ仕込みの時間ですよね。手伝いましょうか？」

愁矢に仕込みを手伝ってもらえれば父親も助かるはず。喜ぶだろうと思ったのだが、なぜか何も言わず愁矢から目を逸らした。その姿を見た母親が眉根を寄せ、言いにくそうに小声で呟く。

「今日から暫く店を休もうと思って」

「えっ、どうして？」

「実は、お父さんの右手の具合が悪くてね。包丁がうまく使えないみたいなの」

母親の話によると、父親は一ヶ月ほど前から右手が痺れるようになり、最近は震えも出てきたらしく、日常生活にも支障をきたすようになっていたのだと。

「そんなの初めて聞いた。どうして教えてくれなかったの？」

「お父さんが涼葉には言うなって言うから」

病院で診てもらったが特に異常はなく、医者も一時的なものだろうと言うのでわざわざ話すことはないだろうと判断したようだ。

「普段は余計なことばかり言うくせに、こんな大事なことは黙ってるって、どういうこと？」

「すぐ治ると思ったんだよ。なんとか騙し騙しやってたんだが、とうとう昨夜、客からクレームが入ってな……」

刺身の盛り合わせを注文したお客さんに『身が潰れていて食感が悪い』と言われたそうだ。

父親の料理は評判がよく、夕飯代わりに毎日来てくれる常連さんも居た。おそらくそんなことを言われたのは初めてだったのだろう。

お父さん、ショックだったろうな。

「でも、今までずっと頑張ってきたんだから、ここで一休みするのもいいんじゃない？お医者さんもすぐよくなるって言ってくれてるんだし、心配いらないよ」

しかし十日経っても父親の手の痺れと震えは一向によくならない。そして私と愁矢の未来にも暗雲が垂れ込めていた。

私の両親に結婚の意思を告げた翌日から愁矢は長期の海外出張に出ていて、今日、日本に戻る予定になっていた。愁矢から帰国したと私のスマホにメッセージが届いたのは、仕事を終え、会社のビルを出た直後のこと。

【今から伯父の家に向かう。涼と結婚すると伝えてくるよ。話が終わったらまた連絡する】

多分……いや、絶対に反対される。

胸が破裂しそうなくらい心臓が大きくドクンと震え、不安と緊張でどうにかなりそうだった。

こんな精神状態で家に帰っても、きっと何も手につかない。それなら直接愁矢のマンションに行って帰りを待っていた方がいいかも。

愁矢からマンションの合鍵を渡されていたので、駅を出るとそのまま彼のマンションに向かった。でも、いつまで経ってもスマホの着信音は鳴らないし、愁矢も帰って来ない。

こんなに遅いってことは、やっぱり反対されているんだ。そうだよね。社長の家も私の家と同じ事情を抱えている。いくら愁矢の意思でもすんなり許してはくれないよね。

ため息をつきながら待つこと数時間。玄関の鍵が開く音がしたのは、十時を過ぎた頃だった。全力で玄関まで走り愁矢に詰め寄る。

「お帰りなさい。社長との話、どうだった？」

「来てたのか」

「気になって……すぐに話を聞きたかったから」

「そうか」

でも、愁矢の鈍い反応を見れば大方想像はつく。

「反対されたんでしょ？」

落胆しつつ探るように聞くと、彼はゆっくり革靴を脱ぎ、私の背に手を添えて広い廊下を歩き出す。ようやく答えが聞けたのは、リビングの扉を開けた時。

「賛成してくれるとは思っていなかったから想定内だ」

私を引き寄せ微笑むも、その顔は酷く疲れているように見える。疲労困憊って感じだ。海外出張から戻ってすぐに社長とシビアな話をして精神的にも疲れたのだろう。それでも愁矢は十日ぶりに会った私に優しくキスをしてくれる。

「会いたかったよ。涼」

「私も会いたかった」

彼の唇は外気で冷やされとても冷たかったけれど、何度か重なるうちにほんのり温もりを取り戻し、その熱が不安で凍りつきそうだった私の心を温めてくれた。

触れ合う角度が変わる度に私の名前を呼ぶ彼が堪らなく愛おしくて、愁矢さえ傍に居てくれたら何もいらないと強く思う。

お互いの体温が溶け合っていくのを感じながら更に高くつま先を立てると、愁矢の舌先がそっと私の唇を撫で、下唇を食むように甘噛みした。すると、十日前の激しい情事が思い出され、身体の奥で小さな炎が燻り始める。

熱い――これが疼くという感覚。

しかし絡めていた指がはらりと解け、温もりが離れていく。

「帰ったばかりで悪かったな。涼の顔を見たらどうしてもキスしたくなった」

謝らなくていいのに……私だって愁矢とキスしたかったんだから。

「それより、腹減ってないか？」

愁矢は私がちゃんと夕飯を食べたか心配していた。

「この様子じゃ何も食べてないんだろ？　なんか作ってやるよ。パスタでいいか？」

長く留守をしていたので冷蔵庫の中にはほとんど食材は入っていなかったが、愁矢は手早く海鮮たっぷりのペスカトーレを作ってくれた。

「うん！　美味しい」

「具材は冷凍だけどな」

「そんなの全然気にならない。でも、愁矢って普段から自炊してるんだね」

「まあな。料理に目覚めたのは大将のお陰だ」

ウチの居酒屋でバイトをするまで愁矢の食事はもっぱらコンビニのおにぎりか、スーパーの値引きされたお弁当だった。しかし父親が調理をする姿を見て興味を持ち、見よう見まねで作ってみると意外に美味しかったそうだ。

「残念ながら唐揚げだけは大将と同じ味にならない。素朴なあの味がどうしても再現できないんだ。だから八年ぶりに大将の唐揚げを食べた時は嬉しかったよ。でも、こうやって涼のために料理を作る日がくるとはな」

それは私も同じ。愁矢が作ってくれたパスタを食べることができるなんて、数ヶ月前は想像もしていなかった。

私達がこんな些細なことでも幸せだと思えるのは、想いを残したまま別れ、会えなかった八年が辛過ぎたから。もう愁矢と離れたくない。

「ねえ、愁矢、社長が望んでいるなら会社には残った方がいいんじゃない？」

私が社内で耳にする常務としての愁矢の評判は上々で、深刻な経営状態の関連会社の業績をＶ字回復させた経営手腕は高く評価されていた。決して社長の身内だからと忖度されているわけではない。そうなるまでには、愁矢自身、相当な努力をしてきたはず。それを私のために簡単に捨ててしまっていいんだろうか。

しかし愁矢はそんな都合のいいことはできないと首を振る。

「伯父には留学までさせてもらって世話になった。こうやって、なんの不自由もなく生活できているのも伯父のお陰だ。その伯父が一番望んでいるのは俺が朝日家を継ぐこと。それができなくなった今、会社だけは継ぐというのはあまりにも身勝手過ぎる。朝日家を継げなくなった俺は、会社も去るべきなんだ」

愁矢は恩を仇で返すことになってしまった罪悪感で苦しんでいた。なのに私は、自分の都合を愁矢に押しつけてばかり。

「私のせいで、ごめんなさい」

「どうして謝る？　そうすると決めたのは俺だ。涼が責任を感じることはない」

「でも、私がお嫁に行けば全て丸く収まるんだよ。私、お父さんを説得する。婿養子は諦めさせるから」

椅子から腰を浮かせて必死に言うも愁矢は「その必要はない」と微笑み、立ち上がって私をふわりと抱き締めた。

「バカな涼。俺は、涼と結婚して海道愁矢になりたいんだ。大将と女将さんの息子になりたいんだよ」

愁矢の言葉は凄く嬉しかったけれど、その言葉に甘えてはいけないと思う。

愁矢ひとりに苦しみを背負わしちゃダメだ。お父さんが折れてくれたら愁矢は会社を辞めなくていいんだもの。

決意を込めて彼の身体を強く抱き締めた時、ソファの上に置いてあった私のスマホが鳴り出した。

「こんな時間に誰だろう？」

愁矢の体を離してスマホを手に取ると【父】と表示されている。私の帰りが遅いので心配して電話を掛けてきたようだ。

安心させようと愁矢のマンションで夕食をご馳走になっているのだと伝えると、なぜか父親の声のトーンが下がる。

『愁矢と一緒に居るのか。だったら愁矢と一緒にすぐ帰って来い。大事な話がある』

「私は帰るけど、愁矢は海外出張から戻ったばかりで疲れてるの。明日でもいいでしょ？」

『いや、一緒に来い。お前達の結婚のことだ』

今まで聞いたことのない父親の真剣な声。なんだか凄く嫌な予感がして心がザワつく。それは愁矢も同じだったようで、素早くコートを羽織ると私の手を掴んだ。

「とにかく行こう」

手を繋いだまま速足で自宅に帰ると、父親と母親が居間で掴み合いの大喧嘩をしていた。両親のそんな姿を見るのは生まれて初めて。慌てて愁矢と止めに入ったのだが、愁矢が父親の腕を掴んだ直後、父親が耳を疑うようなことを言う。

「触るな！　汚らわしい！」

私の聞き間違いかと思ったけど、そうじゃなかった。隣の愁矢の顔が青ざめている。

そして父親は追い打ちを掛けるように信じられない言葉を口にした。

「涼葉、愁矢との結婚は白紙だ。こんな男との結婚は絶対に許さんからな！」

意味が分からない。愁矢のこと、あんなに可愛がってたのに。

「お父さん、どういうこと？　ちゃんと説明して！」

私が怒鳴るとようやく父親が母親から手を放し、座椅子に座った。

「愁矢の母親の旧姓は〝朝日〟だったよな。気になって調べてみたら、朝日は源氏姓だった。源氏の流れを汲むヤツと涼葉を結婚させるわけにはいかない」

怒りを通り越して呆れてしまった。

「そんな理由で結婚を白紙にしろと？」

こんな時間に愁矢を呼び出すくらいだから、よほど重要な内容なんだろうと思って慌てて帰って来たのに、まさかご先祖様絡みだったとは……。

「そんな理由とはなんだ！　我が家にとっては重要なことだろ？」

あまりの衝撃で反論もできず呆然としていると、母親が父親を睨み付けて怒鳴る。

「バカなこと言わないでよ！　涼葉と愁矢が可哀想でしょ！　いい加減、家族に古臭い考えを押しつけるのはやめてちょうだい」

両親が喧嘩していた理由がやっと分かった。お母さんは私達の味方をしてくれていたんだ。

「古臭いとはなんだ！　美奈ちゃんも平氏の末裔だったら分かるはずだ。源氏の血が混じることが一族にとってどれほどの屈辱かを」

「そんなの知ったこっちゃないよ。私は会ったこともない先祖より、娘の幸せの方が大事なのっ！」

「お母さん」

「涼葉も愁矢もお父さんの言うことなんて気にしなくていいからね」

母親の言葉は心強かった。しかし父親も黙ってはいない。親子三人で激しい言い合いが続く。そんな中、愁矢だけは冷静だった。父親を真っすぐ見据え、落ち着いた口調で問う。

「大将、俺が朝日家と縁を切っても涼との結婚を許してはくれないんですか？」

「縁を切るとか、そういう問題じゃないんだ。お前の身体の中に流れている源氏の血が問題なんだよ！」

その発言に反応したのが母親だった。誰もが知っているが、我が家では決して口にしてはならない禁句、ＮＧワードを堂々と言い放つ。

「何が源氏の血よ。平家も源氏も元を辿れば同じ先祖じゃない！」

痛いところを突かれ追い詰められた父親が激高する。その怒りの矛先は愁矢に向けられた。

「愁矢のせいでウチの家族は崩壊寸前だ。もうお前の顔など見たくもない。二度とここには来るな。出て行け！」

愁矢にそんなこと言うなんて……酷い。酷過ぎる。

「もういい！　お父さんが愁矢に出て行けって言うなら、私もこの家を出て行く。一生、この家には戻らないから！」

脅しなんかじゃなく、私は本気で父親と縁を切って家を出るつもりだった。愁矢のためにもそれが一番いいと思ったからだ。でも、立ち上がった私を引き留めたのは、父親でも母親でもなく、愁矢だった。

「涼、それはダメだ」

「どうして？　愁矢はお父さんにあんなこと言われて平気なの？」

「そりゃあ、辛いさ。でも、実の親を捨てるのは賛成できない。そんなことをしたら、涼はきっと後悔する。俺の母のように……」

もし、愁矢以外の人に同じことを言われたら、私はもっと反発して自分の気持ちを押し通そうとしただろう。

彼が言う〝俺の母のように〟という言葉はとても重く、胸に深く響くものがあった。

こんな自分勝手な父親でも、親子の縁を切ったら後悔するんだろうか……。

答えが見つからない私の頭を撫でた愁矢が背筋を伸ばし、父親に視線を向ける。その瞳は凛としていて、一点の曇りもない。

「大将、今日は帰ります。でも、涼とは別れません。涼は俺が必ず幸せにします」

父親は一礼して居間を出て行く愁矢に「許さんからな！」と怒鳴っていた。私はそんな父親を押し退け、彼の後を追う。

「愁矢っ！」

振り返った愁矢は意外にも笑顔だった。

「心配するな。大丈夫だ。だから、家を出ようなんて考えるんじゃないぞ」

そう言うと寒空の下、あの指輪が光る左手を軽く上げてゆっくり歩き出す。徐々に小さくなっていく背中を見つめ、私は強く心に誓った。

絶対に愁矢と別れないと。お父さんにどんなに反対されても愁矢と幸せになる。もう二度と、あんな辛い思いしたくないもの。

第五章　それぞれの愛

——ソレイユ物産、社員食堂。

「えっ！　別れた旦那さんと再婚するの？」

対面に座っている蓮沼さんが口をあんぐり開け、箸を持ったまま固まっている。

「はい、でも、お互いの親に反対されていて……」

父親に愁矢との結婚を反対されて一週間が経つが、状況は何も変わっていない。未だ父親とは膠着状態が続き、家の中の雰囲気は最悪。愁矢の方も社長との話し合いは平行線を辿りなんの進展もない。愁矢は根気強く説得すると言っていたけれど、この先の見えない四面楚歌のような現状が苦しくて、誰かに話を聞いてもらいたかった。

「で、なんで反対されてるの？」

「それは、私も彼も跡取りだからです。特にウチは色々めんどくさくて……以前、私のご先祖様は平家だとお話ししましたが、彼が源氏の子孫だということが判明して父が結婚は白紙だと言い出したんです」

「嘘……それって、まるでロミオとジュリエットじゃない！」

その例えにギョッとする。だって、ロミジュリの結末は、ふたりは結ばれることなく亡くなってしまうんだもの。めっちゃ縁起が悪い。

「でも、結婚って大変だよね。ふたりだけの問題じゃないからさ。私の彼氏の親も気難しい人みたいだから今から憂鬱で……」

「彼氏って、蓮沼さん、付き合っている人居たんですか？」

「あれ？　言ってなかった？　彼もソレイユ物産の社員なんだよ。私が入社してすぐ付き合ったから、もう四年になるし、そろそろ結婚しようか～ってね」

「そうだったんですか。全然知りませんでした」

「あっ、結婚と言えば、朝日常務も結婚するみたいだよ」

「え、ええっ！」

危うく飲みかけのお茶を吐き出しそうになる。

蓮沼さんは愁矢の相手が私だって知らないみたいだけど、いったいどこから漏れたんだろう？　私達の結婚を反対している社長からということはないだろうし、愁矢が言ったとも思えない。

「あの、蓮沼さん、朝日常務の結婚のこと、社内で噂になってるんですか？」

恐々聞くと蓮沼さんが豪快に首を振り、周りに聞こえないよう声を潜めて言う。

「まさか、これはトップシークレットだよ。誰にも言わないでね」

もちろん誰にも言うつもりはない。しかしここで新たな疑問が生じる。なぜそんな極秘情報を彼女が知っているのか？　その疑問を問うと意外な答えが返ってきた。

「私の彼、朝日常務の秘書なの」

「しゅ……あ、いや、朝日常務の秘書って男性だったんですか」

蓮沼さんの彼氏、永山陸斗《ながやまりくと》さんは愁矢の秘書になる前は前常務を担当していて、その常務から優秀な人物だと推薦があり、愁矢の秘書になったのだと。

「誤解しないでね。彼、普段は凄く口が堅いの。私だから話してくれたんだよ」

蓮沼さんは誇らしげに言うけど、それはどうなんだろう？　彼女とはいえ、蓮沼さんに話した時点で口が堅いとは言えないのではと思ってしまう。でも裏を返せば、蓮沼さんと彼氏の間に隠し事はないということだ。私と愁矢みたいに誤解が生じて別れる、なんてことはないんだろうな。

「それとね、これも彼氏に聞いたんだけど、朝日常務って、独身なのに左手の薬指に指輪してるんだって。だから奥さんが居るって思ってる人も居るみたい」

そう思っていた勘違い女がここに居る。

「指輪をしている理由……なんだと思う？」

その理由はもちろん知っているけど、絶対に言えない。

「ふふっ、分かんないよね」

「は、はい」

「理由はね、海外で仕事をしている時、クライアントに既婚者だって思わせるために付けてたんだって」

えっ？　愁矢から聞いた理由と違う。

「海外では、男は結婚して守る家族ができて一人前って思考の人も居るみたいで、独身だと信用されないこともあるんだって。つまり、商談をスムーズに進めるためのアイテムってこと。私はもっと色っぽい理由かなって思っていたけどね」

あの指輪が仕事のアイテム……正直、ショックだった。

私を想って外さずにいてくれたんじゃなかったの？　喜んで損した。

ため息を吐き、すっかり冷めてしまったカルボナーラをフォークに絡めていると、突然蓮沼さんが「あっ！」と声を上げた。

「噂をすれば、だね。陸斗君が来た。紹介するね」

立ち上がった蓮沼さんが笑顔で手を振り彼の名を呼ぶも、なぜか急に慌てたように席に座って顔を伏せる。

「蓮沼さん、どうしたんですか？」

「ヤバい。陸斗君、ひとりじゃなかった」

蓮沼さんは尋常じゃないくらい動揺している。そして社食全体が騒めき始めた。何が起こっているんだろうと不思議に思い振り返ろうとした私を蓮沼さんが制止する。

「見ちゃダメ。目が合って声掛けられたらどうするの？」

益々意味不明だ。誰と目が合ったらヤバいんだろう。

眉を顰めてカルボナーラを頬張った時、背後で若い男性の声がした。

「ここ、座っていい？」

俯いている蓮沼さんの肩を叩いたのは、短めの髪を綺麗に整えた細身で清潔感漂う男性社員。蓮沼さんの横の席にトレーを置いて微笑み掛けているが、蓮沼さんは俯いたままで男性と目も合わせようとしない。すると彼が私の方を向いてペコリと頭を下げた。

「君、もしかして、摩耶と同じ事業企画課の海道さん？」

摩耶？　ああ、そうか。この人が蓮沼さんの彼氏の永山さんなんだ。

「はい、海道涼葉です。蓮沼さんにはお世話になっています」

「海道さんの噂は摩耶から聞いてますよ。とてもチャーミングな方だって」

社交辞令だと分かっていても褒められるのは嬉しい。が、一応謙遜して「いえいえ」と首を振ると、私の横の席に唐揚げ定食がのったトレーが静かに置かれた。

「俺も同席させてもらうよ」

えっ？　この声って、まさか……。

視線だけを動かし横に座った人物の顔を覗き見ると——。

「あ、朝日常務！」

そう声を上げて、やっと気づいた。蓮沼さんが言っていた『目が合って声掛けられたらどうするの？』と言っていた人物は愁矢のことだったのだと。その気持ちは分からなくもない。私も愁矢だと気づかず、エレベーターで〝朝日常務〟に出くわした時は凄く緊張したもの。

「突然すまないね。社食に入ったところで永山君が君を見つけて、是非紹介したいと言うので相席させてもらったが、迷惑だったかな？」

蓮沼さんは首がちぎれそうなくらいブンブンと頭を振り「とんでもありませんっ！」と叫ぶ。

「朝日常務が社員食堂を利用されるとは思わなかったので、失礼しました。事業企画課の蓮沼摩耶です」

「蓮沼さんか。君の彼氏が社食の唐揚げ定食が抜群に旨いと言うのでどうしても食べたくなってね。無理を言って連れて来てもらったんだ。社食は初めて来たが、メニューも豊富でなかなかいいね」

そう言ってにっこり笑った愁矢が手を合わせて箸を持つ。その隣で私はどんなリアクションをすればいいのだろうと思案していた。

蓮沼さんと永山さんの手前、自己紹介とかした方がいいのかな？　それとも何も言わないで黙っていた方がいいのか。

とりあえず様子見ということで、残っていたカルボナーラを食べながら気配を消して三人の会話を聞いていると、話題は仕事のことから蓮沼さん達の結婚話にシフトしていく。

「そうか、君達、近々婚約予定か」

「はい、今は式を挙げないカップルが増えていますが、僕は結婚式も披露宴も盛大に、そして派手にやりたいと思っているんです。その時は朝日常務に仲人をお願いする予定ですので、よろしくお願いいたします」

「おいおい、俺は独身だぞ。そういうのは夫婦でするものだろ？」

苦笑いした愁矢と初めて視線がぶつかる。が、私の方から目を逸らした。そのすぐ後に永山さんが力強く断言する。

「いいえ、僕達が結婚する頃には朝日常務は結婚されています。仲人、是非お願いします」

永山さんの横で蓮沼さんがはにかみながら頬を赤く染めている。そんな彼女が可愛いと思ったのと同時に羨ましかった。

私と愁矢の間にはクリアしなきゃいけない問題が多過ぎる。きっと、蓮沼さんの結婚の方が早いよ。

遣る瀬ない思いでフォークを置くと、テーブルの下で愁矢が私の膝に手を置き、優しく撫でた。

こんなところで……誰かに見られたらどうするの？

彼の大胆な行動は私を激しく動揺させた。でも、その手を拒むことができず、必死に平静を装う。ただ、有難かったのは、目の前のふたりがお喋りに夢中で私達のことをあまり気にしていなかったということ。しかし愁矢の温もりを感じていられたのは、ほんの数秒。愁矢が食事を終えたことに気づいた永山さんが腕時計に視線を向ける。

「朝日常務、来客の予定が入っておりますので、そろそろ……」

「そうだったな。行くか」

するりと離れていく温もり。ホッとするもやっぱり名残惜しくて、立ち上がった愁矢に引っ張られるように視線を上げると、彼の腕が伸びてきて私の頭をくしゃりと撫でた。それは、朝日常務がいつもの愁矢に戻った瞬間だった。

「じゃあな、涼、また後で」

あまりにも自然にそう言うものだから、つい釣られて「うん」と返事をしてしまった。はたと我に返り慌てて咳払いをして誤魔化したけれど、時すでに遅し。蓮沼さんと永山さんがギョッとした顔で私と愁矢を交互に見つめる。でも、愁矢が何事もなかったように歩き出すと永山さんは戸惑いながらもその後を追った。

愁矢、どうしてあんなことを……。

社食を出て行くふたりの後ろ姿を目で追いつつ、蓮沼さんにどう言い訳をしようかと頭をフル回転させていたのだが、妙案が浮かぶ前に蓮沼さんのマシンガンのような質問が飛んでくる。

「ねえ、海道さん『涼』って何？　『また後で』って、どういうこと？　海道さんと朝日常務は知り合いなの？」

当然、こうなるよね。

だが、疑問に思ったのは蓮沼さんだけじゃなかったようで、周りからも好奇な視線が向けられていた。

「蓮沼さん、とりあえず……出ましょう」

蓮沼さんの手を引き逃げるように社食を出た私は、エレベーターの隣にある鉄製の重い扉を押す。そこは滅多に人が使うことのない階段の踊り場。

「海道さん、答えて。朝日常務とはどういう関係なの？」

真顔で詰め寄ってくる蓮沼さんを見て、もう誤魔化しきれないと悟った。

「黙っていて、すみません。朝日常務は私の別れた夫なんです」

「えっ、ええーっ！」

静かな階段の踊り場に蓮沼さんの絶叫が響き渡る。

「ということは、常務があの光源氏《ひかるげんじ》？」

「いや、それは紫式部《むらさきしきぶ》の源氏物語で、彼は源氏の流れを汲む……」

「そんなのどっちでもいいよ！　問題なのは、海道さん達のよりが戻ったってこと。もう一度確認するけど、常務は本当に海道さんと結婚するって言ったの？」

「はあ、私と離婚したことを後悔してるから、またやり直そうって」

薄暗い明かりの下でも彼女の顔が青ざめていくのがはっきり分かった。

「そんな……あり得ない」

階段に座り込んだ蓮沼さんが頭を抱える。その言動は明らかにおかしい。

「あり得ないって、どういうことですか？」

彼女の前に屈んで顔を覗き込むと、震える唇から予期せぬ言葉が飛び出した。

「だって、朝日常務は専務の娘さんと結婚するって陸斗君が言ってたもの」

愁矢が専務の娘さんと結婚？　蓮沼さんは何を言ってるの？

頭の中が混乱して思考が追いつかず、これは蓮沼さんの悪い冗談なのではと本気で思った。でも……。

「冗談なんかじゃない。ネタ元は社長秘書なんだから間違いないよ！」

えっ、社長秘書？

「三日前だったかな……陸斗君ね、秘書課の社長秘書のデスクに結婚式場の資料が山積みになっているのを見て、社長秘書が結婚するんだと思って『おめでとうございます』って声を掛けたらしいの。するとね、社長秘書は社長に頼まれて用意したもので、自分のものじゃないって言ったんだって」

そこで、誰が結婚するのか尋ねると……。

「朝日常務と専務の娘さんだって。驚いた陸斗君がもっと詳しく聞かせて欲しいって頼んだら、社長秘書が渋々教えてくれたらしいよ」

蓮沼さんが言うには、愁矢が社長の後継者に決まるまでは専務が次期社長だと言われていて、役員の間では決定事項だった。でも、社長の強い希望で後継者が専務から愁矢に変更になる。当然専務は面白くなかったはず。で、社長はある提案をして専務を納得させようとした。

「それが、朝日常務と専務の娘さんとの結婚」

「そんな……」

「専務の娘さんと朝日常務が結婚すれば、生まれた子は専務の孫になるでしょ。その孫が朝日家とソレイユ物産を継ぐなら、まぁいいかって思ったんじゃない？　つまり、社長と専務の間で密約が交わされたのよ」

私は大きな勘違いをしていた。社食で蓮沼さんが『朝日常務も結婚するみたいだよ』と言った時、蓮沼さんが思い浮かべていた愁矢の結婚相手は、専務の娘さんだったんだ。そして秘書の永山さんが自分達より愁矢の方が早く結婚するとあんなに自信満々に言っていたのは、社長と専務の密約を知っていたから。

「でね、社長秘書から事情を聞いた陸斗君は、本当に朝日常務がその結婚に納得しているのか心配になったらしいの。それで、それとなく常務に本気で結婚を考えているか聞いたら、朝日常務が笑顔で『近々結婚するつもりだ』って」

感情がかき乱され、胸が苦しい。

一刻も早く愁矢に事実を確認したかったけれど、その気持ちをぐっと抑え、定時まで仕事をした。


駅の改札を入るまで一緒だった蓮沼さんに「ちゃんと確かめてきます！」と力強く告げてホームに続く階段を下りるも、この時点で私の目には涙が溢れていた。

社長と専務の間にそんな密約があったのなら、もうダメかもしれない。

次から次へと現れる試練に私の心は折れそうだった。

電車を降りて改札を抜けると、目の前に聳え立つ愁矢が住むタワーマンションに向かって歩き出す。するとロータリーを抜けたところで見覚えのある人物が前から歩いて来るのが見えた。立ち止まって「あっ！」と声を上げると相手も私と分かったようで、小走りで近づいて来る。

「涼葉ちゃんじゃないか！　久しぶりだな～元気だった？」

「うん、卓《すぐる》叔父さんも元気そうだね」

彼は父親の弟。会うのは祖父の法事の時以来だから、二年ぶりだろうか……父親と違ってとても優しい叔父さんだ。

「もしかして、ウチに来てたの？」

「ああ、兄貴の手の具合が悪いって聞いてね、心配で見に来たんだけど、元気そうだったよ」

「悪いのは右手と性格だけだから」

ウケを狙い冗談半分で言ったのだけれど、卓叔父さんは微妙な表情で眉を下げる。

「義姉さんに聞いた。兄貴に結婚を反対されてるんだって？」

「あ、うん」

卓叔父さんは私の肩を叩き「少し話そう」と言って駅前のカフェを指差した。

タルトが美味しいと評判のカフェは若い女性客で満席状態。私と卓叔父さんはカウンター席に並んで腰を下ろし、本日のお薦めタルトをオーダーする。

「涼葉ちゃんは、兄貴のことを頑固で偏屈な人間だと思ってるんだろ？」

「強引で分からず屋っていうのも追加してくれると有難い」

卓叔父さんは浅く笑った後、少し視線を下げた。

「涼葉ちゃんの気持ちはよく分かる。でも、兄貴も苦しんでいるんだよ」

「あのお父さんが苦しんでる？」

「兄貴も涼葉ちゃんくらいの時、同じ理由で両親から結婚を反対されたから」

それは初めて聞く父親の辛い過去――父親は私と同じ二十六歳の時、とても大切な女性が居た。初恋だったその女性との結婚を決め、両親に紹介するも女性が源氏の子孫だと分かり、親から激しく反対される。

「親だけじゃない。親戚や平氏の血を継ぐ者全てから一族の恥だと罵声を浴びせられ、女性と別れるよう説得されたんだ」

「それで、お父さんはどうしたの？」

「自分から女性に別れを告げた。彼女のために……」

「彼女のためって、好き同士だったんでしょ？　なんで別れなきゃいけないの？」

「強引に婚姻届を提出してしまおうかと考えたこともあったようだけど、結婚しても彼女を取り巻く環境は最悪だ。海道家の身内から一生、憎悪の目で見られてしまう。愛する女性にそんな辛い思いをさせたくなかったんじゃないかな」

理解できないことはない。でも私には、父親の悲恋話が綺麗ごとにしか聞こえなかった。

「そんなに好きだったら家を捨てて駆け落ちするとか、他にいくらでも方法があったんじゃない？」

しかし卓叔父さんは、そんな簡単なことではないと首を振る。

「兄貴は生まれた時から平家の血を引く海道家の嫡男として、家のために生きるよう言われ続けて育ったんだ。兄貴は責任感の強い男だから家を捨てることができなかったんだよ。でも、彼女と別れて相当ショックだったんだろうな。もう結婚はしないと言っていたんだ」

結婚して子供ができれば、自分と同じ思いをさせてしまうかもしれない。それだけは絶対にイヤだと……そんな父親を慰め、励ましてくれたのが幼馴染の母親だった。

「義姉さんのお陰で兄貴は立ち直ることができたんだよ」

「それが、お父さんとお母さんの馴れ初め？」

「ああ、義姉さんも平氏の家柄だったから身内に祝福されて結婚したんだけど、兄貴はずっと、子供は欲しくないって言っていたんだ。でも、涼葉ちゃんが生まれた時は凄く嬉しそうで、片時も涼葉ちゃんから離れようとしなかった。まさに溺愛だよ。勤めていた会社を辞めて居酒屋を始めたのも、涼葉ちゃんと一緒に居たかったから」

そんな父親が危惧し、恐れていたのは、私が源氏の子孫を好きになること。あんな辛い思いを私にさせたくない。だから私を女子校に入れて同年代の男子から遠ざけ、就職するのも反対した。

その話は愁矢と結婚する時、酔った父親から聞いた覚えがある。でもそれは、家のため。海道家を存続させようとしている父親のエゴだと思っていた。

「涼葉ちゃんにとっては迷惑な束縛だったかもしれないけど、それが不器用な兄貴の精一杯の愛情だったんだよ」

精一杯の愛情——お父さんは私よりご先祖様の方が大切だと思っていたけど、違ってたんだ。私に辛い思いをさせないよう必死だったんだね。

父親の胸の内を知り、気持ちが沈んでいく。

それから間もなく私達はカフェを出て、卓叔父さんを駅の改札で見送ったのだが、別れ際に叔父さんに言われた言葉がまだ耳の奥で響いている。

『涼葉ちゃんも辛いだろうが、兄貴も身を裂かれるくらい辛いと思う』

虚ろな目で雲の中に隠れていく月を眺め、ため息交じりの白い息を吐き出した。

「私は、どうしたらいいんだろう」

愁矢と別れたら、お父さんを苦しめずに済む。そして愁矢は専務の娘さんと結婚して朝日家と会社を継ぐことができる。でも……。

「こんなに好きなのに、愁矢と別れたくないよ」

すると、まるでその声が聞こえたかのように愁矢から電話が掛かってきた。

『もうすぐマンションに着くんだが、涼は今どこに居る?』

駅に居ると言うと、迎えに行くので待っていてくれと。

程なく黒塗りの車が現れ、ロータリーを回って私の前で停車した。そして後部座席のドアが開き、愁矢が笑顔で手招きする。

「この車は常務専用車でしょ？　私が乗っていいの？」

運転手の方をちらりと見て遠慮がちに言うと、愁矢が車を降りてきて私の背中を優しく押した。

「涼らしくないぞ。ほら、乗って。レストランを予約してあるんだ」

到着したのは、西麻布のフレンチレストラン。シックモダンな店内はモノトーンで統一され、落ち着いた雰囲気だ。案内された個室に入ると光を絞ったクリスタルの照明が白いリネンのクロスが掛けられたテーブルを優しく照らし、その上に整然と並ぶシルバーのカトラリーとワイングラスを淡く輝かせていた。

ギャルソンが引いてくれた椅子に座ると、ふと、愁矢の誕生日にフレンチレストランを予約したことを思い出す。

あの時、愁矢がいつもの時間に帰って来てレストランで誕生日を祝っていたら私達は離婚することなく、今頃、パパとママになっていたかもしれないな。愁矢はどんなパパになっていたんだろう。

あれこれ思いを巡らせ微かに口角を上げた時のこと。

「やっと笑ったな」

「えっ……」

「さっきから難しい顔をしてずっと黙ってただろ？」

そう言われて初めて車の中で会話がなかったことに気づき、愁矢に申し訳なく思う。それぞれの事情を知ってしまったことで気持ちが揺れ、今の私は全く余裕がなかった。

「あっ、社食で〝涼〟って呼んだから怒ってたのか？」

愁矢は、あの発言は意図的だったのだと微笑む。

「俺と涼の関係をオープンにしたいと思ってな」

理由を聞くと、社食に来る前に専務の娘さんとの結婚話が進んでいると知ったからなのだと。つまり愁矢は、今日のお昼前まで縁談のことは知らなかったのだ。

「あまり驚かないところを見ると、涼は俺に縁談があるってことを知ってたんだな」

「ランチの時に一緒に居た蓮沼さんに聞いたの」

「なるほど。永山か……あいつの口の軽さは秘書としては問題だな。まあでも、そのお喋りのお陰で俺に縁談があるって分かったから、よしとするか」

永山さんは三日ほど前から執拗に〝結婚〟という言葉を口にするようになったらしい。初めは永山さんが婚約間近だからそんなことを言うのだろうと思っていたが、愁矢に結婚する気はあるのかとしつこく聞いてくるようになった。

「俺は涼との結婚を考えていたから、近々結婚するつもりだと答えたんだが、そう言った後で永山が『常務が納得しているなら問題ないか』って呟いたのが聞こえてな、どういう意味か聞こうとしたら電話が入って聞けずにいたんだ」

そのことをすっかり忘れていた愁矢だったが、今日のお昼前に所用があって社長室に行くと、社長のデスクの上に付箋が張られた結婚式場のパンフレットが置かれているのを見て、妙な胸騒ぎがしたのと同時に永山さんの言葉を思い出す。で、社長に誰が結婚するのかと聞くと……。

「専務の娘と結婚するよう言われたんだ。そういう約束になっているからってな」

「それで、愁矢はなんて？」

「断ったさ。俺に黙って勝手なことはしないでくれって、強く抗議した」

でも、社長はまだ諦めていないようだったので、専務の娘さんとの結婚話が進む前に自分には恋人が居るとアピールすることにしたのだと。

「それが、あの社食での一言？」

「そう、お喋りな永山が俺と涼の関係を知れば、噂は一気に社内に広がる。そのうち専務の耳にも入るはずだ」

愁矢はこれからのことも考え、社長と専務の間に溝ができぬようなるべく穏便にその縁談を破棄したかった。

「専務の方から辞退してくれれば、伯父も諦めるだろう」

事情が事情なだけに、こちらから断れば角が立つってことか。

「でも、あんな回りくどいことをしなくても、永山さんに直接私のことを言えばよかったんじゃないの？」

「永山みたいなヤツには匂わす程度が丁度いいんだ。腹を割って話せば、更にしつこく聞いてくる。それも面倒だからな」

社食を出た後、永山さんが慌てふためいて私と親しいのかと聞いてきたそうだ。

「なんのことだって惚けておいたよ。ただ、そのせいで涼の周りがうるさくなるかもしれない。なんの相談もなくあんなことを言って悪かった。でも、社食で涼の姿を見つけた時、もうこんなチャンスはないと思ったんだ」

「愁矢がそれでいいなら、私は構わない」

「そうか。勝手なことをするなって怒られるかと思ったんだが、よかったよ」

愁矢が安堵の笑みを浮かべ、オードブルのオマールエビのムースを美味しそうに頬張る。その時、フォークを持つ彼の左手にあの指輪が輝いているのが見えた。

――指輪は商談をスムーズに進めるためのアイテム。

愁矢の愛は十分に感じている。指輪を外さなかった理由なんてなんでもいいじゃない。そう自分に言い聞かせるが、やっぱり気になって……。

「はあ？　永山のヤツ、そんなことまで彼女にベラベラ喋っていたのか？　ったく、秘書失格だな」

意図せず永山さんの評価を下げてしまったことに焦るも、元々永山さんの評価はそれほど高くなかったようで「永山だから仕方ないか」と愁矢がくすりと笑う。

「そんなこともあるだろうと思って、永山に本当のことを言わなかったんだ」

愁矢が常務になって初めて永山さんと顔を合わせた時、開口一番、この指輪のことを聞かれたそうだ。

「たとえ秘書でも初対面の人間に『元妻が忘れられなくて指輪を外せない』なんて、言えるわけ……ない……だろ？」

語尾が曖昧になり、少し恥ずかしそうに私から目を逸らした愁矢がグラスワインを喉に流し込む。

「もしかして、愁矢、照れてるの？」

「バ、バカ。いつ俺が照れた？」

「だって、顔赤いし」

「ワインのせいだ！」

「今初めてグラスに口を付けたのに？」

数瞬間を置いて愁矢が観念したように微苦笑した。私も釣られて微笑み、ふたりしてクスクス笑う。でも、愁矢とこうやって共に笑い、幸せな時を過ごす度、私は不安になる。

「この先もずっと、愁矢と一緒に笑っていられるかな？」

「当たり前だろ」

「でも……」

「心配か？」

そう問われ答えに困る。

「涼が言いたいことは分かる。誰も俺達の結婚を祝福してくれないからな。でも、俺は世界中の全ての人間に反対されても絶対に諦めない。涼は俺の太陽なんだ」

「私が、太陽？」

「そう、この八年、俺は涼という太陽を失って、ずっと暗闇の中で生きてきた。恋しかったよ。光が……その光をようやくこの手に取り戻したんだ。もう何があっても手放すつもりはない」

そう言った愁矢が静かにフォークを置き、ビジネスバッグから何かを取り出す。

「これは、食事が終わった後に渡そうと思っていたんだが……」

白いリネンのクロスの上に置かれたのは、光沢のある淡いピンクの小さなケース。そのケースの上部に刻まれたロゴデザインを見て、ハッとした。

「これって、もしかして……」

「覚えてたか？」

忘れるはずない。私達が結婚した時、ブライダル雑誌で紹介されていたエンゲージリング。それが、このブランドのものだった。

「愁矢こそ、覚えてくれてたんだね」

頷いた愁矢がケースを開けると、プラチナリングの中央でブリリアントカットの大きなダイヤが光り輝いていた。そのダイヤを囲むように薔薇の花を模した繊細な細工が施され、そこにも小さなダイヤが鏤められている。

愁矢は海外出張に行った時、わざわざフランスの本店に行き、この指輪を買ってきてくれたのだ。

「涼が欲しがっていたデザインの指輪はもう販売されてなくてな。仕方ないから一番似たものを選んできた。気に入ってくれたか？」

この指輪のせいで誤解が生じ、勘違いした私に酷いことを言われて辛い思いをしたのに……。

「うん、凄く綺麗」

愁矢は満面の笑みで私の左手を取ると薬指にその指輪を滑らせる。

「やっと渡せたな」

その言葉を聞いた瞬間、嬉し涙でダイヤの光が滲み、愁矢の顔もぼやけていく。

「有難う。愁矢。本当に有難う」

感謝の言葉を何度言っても言い足りなくて、嗚咽しながら彼の手を強く握り締めた。

そして私は、ある決断をする。

お父さん、ごめん。やっぱり私、愁矢が好き。彼の中に因縁の血が流れていても、愁矢以外の人は考えられないの。だから許して。親不孝な私を許して。

「愁矢、幸せになろうね」

すると彼が切れ長の目尻をゆるりと下げ、指輪が光る指に唇を押し当てた。

「ああ、俺が涼を幸せにする」

もちろん不安が消えたわけではない。けれど、絡み合った指で煌めく指輪を見ていると、どんな困難も乗り越えていけるような気がして、やっと心の底から笑えた。

そして私達は極上の料理を堪能し、その余韻に浸りながら個室を後にしたのだが、廊下を歩き出した直後、野太い男性の声に呼び止められる。

「ソレイユ物産の朝日常務ですよね？」

「あなたは……今日のお昼にお会いしたフェイムコーポレーションの相馬《そうま》社長」

その社名と社長の苗字に聞き覚えがあった。

「今日はお忙しい中、お時間を作ってくださり、有難うございました。しかしこんなところでまた朝日常務とお会いするとは、奇遇ですね」

愁矢の後ろに居る私に視線を向け、にっこり笑って会釈する彼を見て確信する。

一重の細い目と鼻の横の大きなホクロ。そして細身のひょろりとした体形。間違いない。この人は……。

その時、相馬社長の後ろの扉が開き、綺麗な巻き髪を揺らしながら小柄な女性が個室から出て来た。女性は酔っているのか、少しトロンとした瞳で相馬社長の腕に自分の腕を絡める。

「あなた～こちらの方は？　お知り合いなの？」

「この方はソレイユ物産の朝日常務だ。君もちゃんと挨拶しなさい」

「えっ……あのソレイユ物産の朝日常務？　し、失礼いたしました」

「いえ、今はプライベートですからお気になさらずに」

深々と頭を下げるふたりに愁矢が恐縮しつつ言うと、顔を上げた相馬社長が縋るような目で愁矢の腕を掴んだ。

「どうか我が社への資金提供の件、よろしくお願いいたします。もし、ソレイユ物産さんが子会社化をお望みでしたら、お受けする用意はできております」

しかし愁矢は必死の形相で懇願する相馬社長に困惑している様子で、身体を大きく仰け反らせて彼から距離を取ろうとしている。

「先ほどもお伝えした通り、今はプライベートですので……その件は社で検討した上でお返事させていただきます」

「我が社はもう長くは持ちません。どうか、フェイムコーポレーションを助けてください！」

相馬社長が掴んでいた腕を強く引っ張ったせいで私の前に立つ愁矢が前屈みになり、そのタイミングで顔を上げた社長の妻と目が合った。

「えっ？　涼葉……さん？」

「麗奈……」

「どうして涼葉さんがここに居るの？」

「どうしてって、食事をしに来たんだけど」

麗奈とは長い付き合いだが、こんな驚いた彼女の顔を見るのは初めてだ。そりゃあそうだろう。自分の夫の会社が倒産の危機だということを見下していた私に知られてしまったんだから。プライドが高い麗奈にとって、これ以上の屈辱はない。

「ソレイユ物産の朝日常務と食事に？　涼葉さん、朝日常務とどういう関係なの？」

その問いに答えたのは愁矢だった。

「彼女は私の婚約者ですよ」

「嘘……信じられない。涼葉さん、あなた……本当にお付き合いしている男性《ひと》が居たの？　それも、ソレイユ物産の常務だなんて……」

顔面蒼白になった麗奈がよろけて壁にもたれ掛かる。その姿とは対照的に、夫の相馬社長は私と麗奈が知り合いだと分かると更にテンションを上げて、これも何かの縁だと愁矢に資金援助を迫っていた。そんな自分の夫の姿を虚ろな目で見つめている麗奈からは、いつもの圧倒的なオーラは感じられない。

麗奈達とホテルのカフェラウンジでお茶した時、苦し紛れに彼氏が居ると嘘をついた私を彼女達は哀れみの目で見つめていた。だからこんなシチュエーションを想像して、いつかは見返してやりたいと思っていたけれど、実際にそうなってみるとなんの感動もない。それはきっと、彼氏が居ると嘘をついた私より哀れな麗奈の姿を見てしまったから。私は、高圧的で高飛車な麗奈に嫌悪を感じながらも、彼女にはヒールなヒロインで居て欲しかったのかもしれない。

麗奈、今気づいたよ。それが自分の気持ちを奮い立たせるモチベーションになっていたことに……。

——二週間後。

「ねえ、愁矢、フェイムコーポレーションの件、どうなったの？」

「それ、今聞くことか？」

ついさっきまで、私達は愁矢のマンションの寝室で激しく愛し合っていた。情事が終わったばかりの汗ばんだ肌はまだ熱く火照り、余韻が残る室内には甘く濃蜜な空気が漂っている。そんな状態で色気のない質問をしたものだから、愁矢が呆れている。

「ごめん、心配で……」

自分でも、麗奈のことがこんなに気になるとは思わなかった。

麗奈の旦那さんが社長を務めるフェイムコーポレーションは、富裕層向けの高級レストランを多店舗展開している会社だ。麗奈は会う度、また新しい店をオープンしたと自慢気に話していたから、まさか経営難に陥っているなんて思ってもいなかった。

「涼の友人も関わっているんだからな。仕方ないか。あれからフェイムコーポレーションの経営状態を調査したが、負債額は想像以上だった。でもな、手掛けているひとつひとつの店の内容と評判は悪くない。実は、俺達が食事をしたあのフレンチレストランもフェイムコーポレーションが経営しているんだ」

あ、だから麗奈夫婦が居たのか。

「問題なのは経営方針だ。相馬社長はソレイユ物産の子会社になることを希望していたが、おそらくそれは無理だろう。あるなら吸収合併。でもそうなれば、経営陣は総入れ替えになる」

つまり、倒産は免れたとしても麗奈の旦那さんは排除されるということ。

「涼の友人なのに、悪いな」

「ううん、仕事に私情を持ち込むのはよくないから」

「そうだな。愛しい女を抱いて幸せに浸っている時にビジネスの話をしてシラケさせるのと同じくらいよくない」

気まずくて肩を窄めると、いきなり愁矢が覆い被さってきた。汗で湿った肌が吸い付くように密着し、心地いい圧迫感が全身を包む。

「あ……っ、愁矢……」

思わず名を呼ぶと彼が上半身を少し起こし、私を挟むようにベッドに両手を付いた。下ろした前髪が揺れ、妖艶な瞳が私を見下ろしている。その視線だけで下腹部かジンと疼き、ようやく落ち着いた心音がまた速くなっていく。

「雰囲気を台無しにした涼に責任を取ってもらわないと。この意味、分かるよな？」

愁矢の意地悪な呟きが私達の吐息が混ざる甘い空気の中を落ちてくる。そして答えを待たず唇が重なった。その柔い温もりは何度も甘い音を立てながら徐々に頬から耳元へと移動していく。

「ここ、涼の弱いとこ……」

愁矢の低く擦れた声が鼓膜を揺らした直後、濡れた舌が耳輪を舐め、耳孔に差し入れられた。それだけで肌が粟立ち、身体が跳ね上がる。

「ひっ、ダメっ！」

自他共に認める〝弱いとこ〟を攻め立てられ、ゾワッとした耐え難い刺激が背筋を這い上がっていく。

「お願い。そこは、もう……」

しかし愁矢はそんな私の姿を見て楽しんでいるようで……。

「お仕置きだから耐えて」

意地悪な愁矢。でも、その後の愛撫は焦れったくなるくらい優しくて、身体の内側をぐずぐずに溶かし、再び孤高の世界へと連れて行ってくれた。

愁矢の甘い〝お仕置き〟が終わり、今度はこの蕩けるような余韻に浸るのだと決めていたのに、起き上がった彼にシャワーを浴びるよう急かされる。

「二回目は予定になかったからな。もう帰らないとマズいだろ？」

私が仕事終わりに愁矢のマンションに来ていることは父親には秘密。愁矢は私と父親との仲がこれ以上拗れないよう気を使ってくれているのだ。でも、彼には言ってないけど、私は婚約指輪を貰ってすぐ、父親に愁矢と結婚して〝朝日涼葉〟になると伝えていた。もちろん父親は激怒して許してはくれなかったけど。それからは前にも増して険悪な雰囲気になり、いっそのこと家を出ようかと考えていた。

「少しくらい遅くなっても平気だよ」

「そういうわけにはいかない。大将が心配するぞ」

だけど、その一歩を踏み出せないのは、愁矢に言われた『涼はきっと後悔する。俺の母のように』という言葉と、彼が今でもお父さんのことを大切に思っているのを知ってるから。愁矢だって、お父さんと前のような関係には戻れないって分かっているはずなのに、彼はまだ、お父さんを本当の父親のように慕っている。

「ほら、早く用意して。送るよ」

「う、うん」

愁矢とマンションを出ると、私は意を決して口を開く。

「ねえ、愁矢……愁矢がどんなに誠意を尽くしても、お父さんの気持ちを変えることはできないと思うの。だから……」

「家を出るなんて言うなよ」

愁矢には私が何を考えているかお見通しってことか。

彼は苦笑した私の頭をコツンと小突き、淡々とした口調で言う。

「俺が大将を説得する。でも、その前に……」

そこまで言うとなぜか押し黙り、大きく息を吐いて視線を落とした。続きが聞けたのは、大通りから近道の細い路地に足を踏み入れた時。

「明日、伯父ともう一度話をする。もしそこで分かってもらえなかったら辞表を出すつもりだ」

「そんなのダメだよ！　一生懸命努力して上層部に認められて常務になれたのに」

「もう決めたことだ。ただ、ソレイユ物産を辞めたら涼に贅沢をさせてやれなくなるかもしれない。それでも、いいか？」

どうしてそんなこと聞くの？　私は愁矢が傍に居てくれるだけでいいのに……。

「誤解しないで。会社を辞めることを反対してるのは、贅沢したいからじゃない」

そう反論した後で八年前の彼との会話を思い出し、足が止まる。

「まさか……愁矢はずっと気にしてたの？　あの日、私が言ったことを」

愁矢は何も言わず、遠い目をして「ふっ……」と笑った。私にはそれが肯定の返事のように思え、胸が苦しくなる。

あれは、売り言葉に買い言葉。本心じゃなかった。

――『私の大学の友達は皆凄いお金持ちの家の娘で、付き合っている彼氏も親が社長だったり、お医者さんだったり、立派な職業の人ばかりなの。そんな娘達に愁矢を会わせられない』

学生の頃は生きることに精一杯で、私と結婚した後も婚約指輪が買えず介護のバイトをしていた愁矢にとって、これほど残酷な言葉はない。なのに愁矢は私を恨むどころかまだ好きでいてくれて、不自由のない裕福な暮らしをさせてくれようとしていた。私がそれを望んでいると思って。

「ごめんなさい。私、酷いこと言っちゃった」

彼を傷付けてしまった罪悪感で心が圧し潰されそうになるも、愁矢は「なんのことだ？」と惚けて私を引き寄せる。

優し過ぎるよ、愁矢。

彼の深い愛を感じて泣きそうになった時、背後から車のエンジン音が聞こえた。

えっ？　この道って一方通行じゃなかった？

反射的に振り向くと車は既に私達のすぐ後ろまで来ていて、ヘッドライトの強烈な光で目が眩んで視界を奪われてしまう。次の瞬間、急ブレーキを掛ける甲高いスキール音と愁矢の「危ない！」と叫ぶ声が重なるように夜の街に響き、強い力で背中を押された。何が起こったのか分からぬまま身体が浮き上がり空中に投げ出される。気づいた時には冷たいアスファルトの上に横たわっていた。

全身に鋭い痛みを感じ、息が詰まる。そして激しい耳鳴りで周囲の音が遠くぼやけて聞こえた。状況を確かめたくて薄目を開けると視界の端に同じように道路に倒れている人物の姿が映り込み、戦慄が走る。

「嘘……でしょ」

必死に起き上がって愁矢の元に辿り着いた時、急発進したワンボックスカーが私達の横を凄い勢いで通り過ぎて行った。

愁矢を撥ねた犯人が逃げる——そう思ったが、私の目は倒れたまま微動だにしない愁矢に釘付けになり、走り去る車に視線を向ける余裕などなかった。

「愁矢……愁矢……目を開けて」

何度も名を呼び、震える手で彼の頬に触れるも全く反応がない。このまま愁矢を失ってしまうのではという恐怖でパニックに陥った私は正気を失い大声で叫んでいた。

「いやぁーっ！　愁矢ぁーっ！　私を置いて行かないでー」


愁矢が搬送されたのは、自宅近くの救急病院。彼がＩＣＵに入り治療が始まると、救急隊員に事情を聞いた医師から私も検査を受けた方がいいと言われ調べてもらったが、幸い軽い打撲程度で異常はなかった。

愁矢のお陰だ。愁矢が身を挺して守ってくれたから私は生きている。

感謝の気持ちと申し訳ないという思いで涙が止まらない。

その後、警察の事情聴取を終えた私は手術室の前の長椅子に座り、顔の前で手を合わせて必死に愁矢の無事を祈っていた。

「……君が、海道涼葉君かね？」

そう声を掛けられ顔を上げると、立派な口髭を蓄えた大柄の男性と目が合う。顔を強張らせ、肩で大きく息をしているその男性の両眼は赤く血走っていた。そして彼の後ろには、グレーヘアの品のいい中年女性が眉間にシワを刻み私を睨んでいる。

男性はソレイユ物産の朝日社長。女性はおそらく社長の奥さん。愁矢が病院に運ばれた後、私は彼のスマホを借りて事故に遭ったことを社長に電話で伝えていた。

愁矢に付き添って救急車でこの病院に着いた時、真っ先に思ったのは、家族である社長に連絡しなければということ。でも、すぐには電話できなかった。社長と顔を合わせるのが怖かったから。社長にとって、愁矢と付き合っている私は厄介な存在。何を言われるか分からない。でも、今は緊急事態なのだ。迷っている場合じゃない。勇気を振り絞って電話をするも緊張でうまく事情が説明できず、愁矢が事故に遭ったこと、運ばれた病院名を言うのが精一杯だった。

立ち上がって深く頭を下げた私に、社長が「経緯を説明してくれ」と迫ってくる。

「申し訳ございません。愁矢さんは私を庇って車に撥ねられて……」

「それで、怪我の具合は？」

「まだ詳しいことは……私も先ほど、警察の事情聴取が終わったばかりで」

社長は大きく息を吐くと私が座っていた長椅子に倒れ込むように座り、頭を抱えた。

「愁矢にもしものことがあったら、私はどうしたらいいんだ」

社長が力なく零したその言葉が胸に強く突き刺さる。

私のせいだ。もし愁矢の身に何かあったら、私も生きていけない。

我慢していた涙が零れ落ち、嗚咽が漏れそうになった時、奥さんが社長の背中を優しく擦りながらとても穏やかな声で言う。

「あなた、愁矢さんに限ってもしものことなんてありませんよ。きっと大丈夫です」

奥さんの毅然とした態度に驚き、思わず息を呑む。

見た目は線が細くか弱そうなのに、決して取り乱さず、社長を気遣う余裕すらある。とても強い女性だ。

その奥さんがゆっくり顔を上げ、私に視線を向けた。

「あなた、愁矢さんが結婚したいと言っていた方よね？」

「は、はい……」

「こんなところでなんだけど、あなたにお話ししたいことがあるの」

奥さんは変わらず冷静だったが、わざと感情を押し殺しているように見える。

「単刀直入に言うわね。愁矢さんと別れてちょうだい。彼は私の姪と結婚することになっているの」

そうだった。奥さんは専務の姉だったんだ。

「あなた、ソレイユ物産の社員だそうね。社員なら、会社にとって愁矢さんがどれほど重要な人物か分かっているでしょ？　もちろん私達夫婦にとっても彼は大切な存在なの」

「それは……分かっています」

「分かっていて私達から愁矢さんを奪おうとしているなんて、図々しいにも程がある。いい？　あなたと愁矢さんとでは住む世界が違うの。そんなふたりが結婚しても幸せにはなれるはずがない。愁矢さんを不幸にする前に別れてちょうだい！」

威圧的な言葉に身体が委縮して声が出ない。何より、私と結婚したら愁矢が不幸になるという発言は、私の心にかなりのダメージを与えた。

私自身もそう思っていたから。どんなに愁矢がそれでいいと言ってくれても、朝日家を捨て、ソレイユ物産を辞めることは彼の人生にとって大きなマイナスになる。

私が今ここで愁矢と別れると言えば、皆が幸せになるんだ……。

「あの、私……」

そう言い掛けた時、社長が慌てた様子で立ち上がった。手術室の扉が開いたのだ。

社長と奥さんが現れた執刀医の元に駆け寄り愁矢の容態を聞いている。私は少し離れた場所で医師の返答を待った。

お願い。無事だと言って。愁矢が助かるなら私はどうなってもいい。

心臓が破裂しそうなほど激しく打ち付け、立っているのがやっと。息をするのも忘れそうになる。

「朝日愁矢さんのご家族の方ですね」

「はい、愁矢は……息子は無事ですか？」

社長が涙声で確認すると、医師が笑顔で頷いた。

「手術は問題なく終了しました」

その言葉を耳にした瞬間、緊張が一気に解け、崩れるように床に座り込む。

ああ……よかった。本当によかった。

彼が生きているという事実がただただ嬉しくて、安堵感が全身を包む。

「今回は左上腕骨近位端骨折が判明いたしましたので骨接合術を行いました。分かりやすく言いますと、左肩の骨折ですね。上半身にいくつかの打撲創が見受けられますが、そちらは問題ないでしょう。車の事故ということでしたので、レントゲンやCT、MRIなどの検査を行いましたが脳や内臓などに問題はありませんでした」

つまり、命に別条はないということ。

社長と奥さんも嬉しかったのだろう。医師に何度も頭を下げ、感謝の気持ちを伝えている。

「それで、息子には会えるのでしょうか？」

「麻酔が覚めた後でしたら構いませんよ」

しかし念のため、術後二十四時間はICUで経過を観察するそうだ。

「では、詳細はあちらで……」

医師が手術室の隣のドアを指差した時、その後ろから移動ベッドが出て来るのが見えた。

「愁矢……」

彼の無事な姿をこの目で確認したくて駆け出すも、もう少しというところで社長が私の前に立ちはだかる。

「君は帰りなさい」

「お願いします。せめて一目だけでも愁矢さんに会わせてください」

「断る。今後一切、愁矢には関わらないでくれ」

必死に懇願するも私の願いは叶わず、愁矢の顔を見ることはできなかった。

病院を出ると重い足取りでトボトボと歩き出す。

愁矢に近づくことを許さなかった社長は私が出社することも禁じた。本当は邪魔な私を解雇したかったはず。でも、業務に関係ない理由で会社を辞めさせるのはさすがに問題だと判断したのだろう。無期限の自宅待機を言い渡された。

自主退職しろってことなのかな……。

社長に電話をした時から覚悟はしていたけれど、やっぱり悲しくて泣けてくる。そして私のせいで怪我をした愁矢に何もしてあげられないのが何より辛い。

愁矢……私達、もうダメかもしれない。

静かな夜の街を歩き、ようやく自宅の前まで来ると、夜中の三時過ぎだというのに店の明かりが点いていた。居酒屋はまだ父親の手の痺れが治らず休業中。電気を消し忘れたのだと思い引き戸を開けると、カウンターに並んで座っていた両親が凄い勢いで立ち上がり、血相を変えて駆け寄って来る。

「涼葉、身体は大丈夫なの？」

「怪我はしてないのか？」

「えっ？　な、何？」

「お向かいの時計屋の奥さんに聞いたの。少し先の路地で事故があって、涼葉に似た女の子が救急車に乗っていったって」

両親は私が車に撥ねられたのだと思い消防や病院、警察にも問い合わせたが、私が搬送されたという事実はなく、事故現場まで行ってみたが詳細を知る人は居なかった。

「スマホに電話をしても繋がらないし、もう心配で生きた心地がしなかったよ」

「ごめん。手術室の近くに居たからスマホの電源切ってて……」

私を心配する両親の顔を見ていると胸が苦しくなり、再び涙が溢れてくる。

「手術室って、あの事故と関係があるの？」

「救急車で運ばれたのは愁矢なの。愁矢が私を庇って車に撥ねられて……愁矢が居なかったら、私、死んでたかもしれない」

決して話を誇張して大袈裟に言っているわけではない。あの状況では、その可能性は確かにあった。

「私が今こうして普通に話して居られるのも愁矢のお陰なの」

絶句した両親の顔から血の気が引いていく。が、すぐに父親が声を荒らげた。

「それで、愁矢はどうした？　無事なのか？」

「うん、左肩を骨折したけど、命に関わるようなことはないって」

しかし父親は納得せず、病院に行って愁矢の無事を確かめてくると言い、ダウンジャケットを手に取った。その姿を見て背筋に冷たいものが走る。

今、お父さんが病院に行って社長夫婦と会ったら大変なことになる。

「ダメ！　病院には朝日社長と奥さんが居るの。ふたりは私と愁矢の結婚を反対していて、手術が終わった愁矢の顔を見ることも許してくれなかった。お父さんが行っても会わせてもらえないよ！」

「そう……なのか？」

足を止め振り返った父親の手からダウンジャケットが滑り落ちた。

第六章　引き裂かれた愛

ずっと待ち続けていた電話が掛かってきたのは、自宅待機になって三日目のお昼過ぎのこと。両親と居間で食事中だった私はスマホを耳に当てたまま慌てて店に移動する。

「海道さん、ごめんね。遅くなって」

電話の相手は蓮沼さんだ。蓮沼さんは事故があった翌日、課の朝礼で私が体調不良で暫く会社を休むことになったと知り、そのすぐ後に永山さんから愁矢が入院したと聞かされた。直感的にこれは何かあると思ったらしく、その日の仕事終わりにわざわざ私の家を訪ねてきてくれたのだ。

『心配で来ちゃった』と微笑む蓮沼さんの顔を見た瞬間、彼女に抱きつき号泣してしまった。そしてなぜ会社を休むことになったのか、その経緯を全て話すと、話を聞き終えた蓮沼さんが涙目で私を見つめ『海道さんはどうしたい？』と問うてきた。

私の望みはただひとつ――愁矢に会いたい。

何度も愁矢のスマホに電話をしたけど電源が切れていて繋がらない。メッセージも既読にならなかった。お医者さんは命に別条はないって言っていたけれど、やっぱり心配で……容態が急変していないだろうか？　意識はちゃんと戻ったんだろうか？　そんなことばかり考えていたから。すると蓮沼さんは、永山さんに相談して私が愁矢に会えるようなんとかすると言ってくれた。

蓮沼さんの気持ちは嬉しかったし、有難かった。でも、そこまでふたりに甘えられない。もし私に協力したことが社長にバレたら、蓮沼さん達も会社に居られなくなるかもしれない。婚約間近のふたりをこんな厄介事に巻き込みたくない。けれど、蓮沼さんは私の心配を豪快に笑い飛ばした。

『私達、友達でしょ？　友達が困ってるのに知らん顔なんてできないよ』

困っている時に助けるのが、友達……。

変な話だけど、凄く感動した。面と向かってそんなこと言われた経験がなかったから。

蓮沼さんはすぐさま永山さんに電話をして私の気持ちを伝え、いい方法はないかと尋ねる。しかし常務秘書の永山さんでさえ、上からの指示で愁矢のお見舞いに行くことを止められていた。なんでも、愁矢が入院していることは会社の上層部と秘書課の社員にしか知らされておらず、絶対に口外しないよう箝口令が敷かれているのだと。

永山さんは、愁矢が事故に遭った経緯、つまり私が関わっていたということを知られたくないのだろうと言っていた。

そんな状況なら尚更だ。蓮沼さん達を巻き込むわけにはいかない。私が言ったことは聞かなかったことにして欲しいとお願いするも、電話の向こうの永山さんが強い口調で言う。

『僕は朝日常務の秘書ですよ。会社が何を言おうと、朝日常務側に立って動くのが秘書である僕の仕事です。常務もきっと、海道さんに会いたいと思ってますよ。大丈夫。僕に任せてください』

ふたりには感謝してもしきれない。大きな恩ができてしまった。


「それで、永山さんはなんて？」

『いいお知らせだよ。やっと陸斗君が朝日常務に会えることになったの』

永山さんが業務のことでどうしても愁矢に確認したいことがあると何度も上司に掛け合い、ようやく許可が下りたらしい。

『朝日常務に付き添っているのは社長の奥さんらしいんだけど、その奥さんが明日の午前十一時から午後六時頃まで用事があって出かけるみたいなの。その間、陸斗君に付き添いを頼むって言われたらしい』

奥さんが病院を出る時間が多少前後するかもしれないので、午前十一時半頃に病院に来て欲しいと。

ああ……やっと、愁矢に会える。

『何か不都合があったら海道さんのスマホに陸斗君から電話が入ることになってるから。それと、一応念のために病院に着いたら陸斗君に電話してね。番号はメッセージで送っとく』

「分かった。蓮沼さん、有難う。必ず行くから……」

永山さんにもよろしく伝えて欲しいとお願いして電話を切ると、脱力してカウンターの椅子に座り込む。その直後だった。後ろから父親の声がする。

「明日、愁矢に会いに行くのか？」

「えっ……あ、うん」

あれから父親と愁矢の話はしていなかったので父親が何を考えているのか分からず、反対されるのではと思ったが、父親は小さく頷いただけ。無言で店から出て行った。

お父さんも愁矢のことが心配なんだよね？

そうであって欲しいと願いつつ目を伏せ、大きな息を吐く。

その日の夜は緊張してなかなか寝付けず、朝も早くに目覚めてしまった。出かける用意を済ませるとベッドに座り、もうすぐ会える愁矢のことを想いながら部屋の時計を眺めていたのだが、突然部屋に来た母親が微笑みながら妙なことを言う。

「店に行ってお父さんの手伝いをしたら?」

「なんの手伝い?」

「涼葉は今から愁矢に会いに行くんでしょ? お父さんね、まだ震えが止まらない危なっかしい手でお弁当を作ってるんだよ。愁矢に食べさせてやるんだって」

「えっ……お父さんが愁矢のために?」

「うん、涼葉には言うなって言われていたんだけどさ、お父さん、愁矢のことが心配で何度も入院している病院の前まで行ったみたい。でも、涼葉に迷惑を掛けると思って中には入れなかったって」

「ああ……」

お父さんは愁矢のことを心配してくれてたんだ。

会えないと分かっていても病院に通っていた父親の姿を想像すると胸が締め付けられ、目の奥が熱くなる。

急いで一階に下りると父親が厨房で鶏肉を切り分けていた。でも、手が震えてうまく包丁が使えないようで、何度も手を止めながらゆっくり包丁を動かしている。まるで料理初心者のようなぎこちない手つきが痛々しくて、大きいと思っていた父親の背中がとても小さく見えた。

「お父さん、手伝うよ」

堪らず声を掛けると、父親が一瞬驚いた顔をする。が、すぐに「そうか」と呟き、私に包丁を手渡してきた。少し前なら考えられないこと。料理人の命だと言っていた包丁は誰にも触らせなかったから。

何度も泣きそうになりながらお重に愁矢の好物の料理を詰め終えると、父親がボソッと言う。

「涼葉……嫁に行け」

「えっ？」

思いもよらぬ父親の言葉に頭の中が真っ白になり、お重を持ったまま放心した。

「やっぱり、ワシも息子は愁矢がいい。だから、嫁に行け」

「で、でも、私がお嫁に行ったら跡継ぎはどうするの？」

今までは跡継ぎなんてどうでもいいって思っていたけど、いきなりそんなことを言われたら心配になる。

「海道家は弟の卓に任せる。あいつの家は息子が三人居るからな。誰かが継いでくれるだろう」

父親は昨夜、卓叔父さんに電話をして海道家を継いで欲しいと頼んでいた。

「卓叔父さんが……だけど、家を継ぐのは直系の嫡子じゃなきゃダメだって、それに、源氏の子孫の愁矢と結婚したら平氏仲間の人になんて言われるか……」

「まあな、でも、海道家がなくなるよりいい。大切なのは家を存続させること。源氏の愁矢を海道家に入れなければご先祖様も許してくれるだろう」

こんな結末、本意ではないはずなのに父親は穏やかに微笑んでいた。それがどうしようもなく切なくて涙が零れ落ちる。

「ほら、早く愁矢のとこに行って教えてやれ」

「うん……うん、お父さん、有難う」

何度も頷きながら涙を拭うと、父親の愛情が詰まったお重を山吹色の縮緬風呂敷に包んで家を出た。

愁矢、お父さんが許してくれたよ。

まだ全ての問題が解決したわけではないが、これは闇の中に見えた一筋の光。父親の思いを無にしたくない。

病院に到着したのは、十一時十五分。約束の時間より十五分ほど早かった。けれど、一刻も早く愁矢にこのお弁当を食べさせてあげたくて外科病棟の特別室へと急ぐ。

「ここだ。このドアの向こうに愁矢が居る」

そう思うと急に緊張感が高まり、ノックをしようとしている手がブルブル震えた。

ここは一旦気持ちを落ち着かせようとその手を胸に当て、深呼吸をした時のこと。突然目の前のスライドドアが開いて飛び出してきた人物と危うくぶつかりそうになる。

「な、永山さん」

「えっ、海道さん？　もう来たの？」

永山さんの一言で私は彼との約束を思い出した。

病院に着いたら電話するんだった。

「ごめんなさい。電話するの忘れ……」

「僕も今、海道さんに電話しようと思ったんだけど……間に合わなかった」

焦りと動揺が混じった低い声が私の言葉を遮り、更に小さな声が聞こえる。

「病室に入らない方がいい」

まさか……まだ奥さんが居るの？

焦って心臓が跳ね上がるが、永山さんの後ろから聞こえてきたのは初めて聞く若い女性の声だった。

「お見舞いの方？　どなたなの？」

顔を歪めた永山さんの背後からヒールの足音が近づいてくる。そして彼の肩越しに顔を覗かせた目鼻立ちのはっきりとしたグラデーションボブの女性と目が合った瞬間、再び心臓がドクンと跳ねた。

凄い美人さん。背が高くてモデルみたいだ。

その美しい容姿に見惚れていると、永山さんが再び小声で耳打ちしてくる。

「彼女、専務の娘さんだよ」

「えっ……」

ということは、この女性が愁矢の縁談の相手？

永山さんが焦っていた理由が分かり、足が震えた。

「ソレイユ物産の方でしょ？　わざわざ来てくださって有難う。でも、愁矢さん、鎮静剤が効いて眠ってるの」

彼女に促され日の光が差し込む窓際のベッドに目を向ければ、やっと会えた愛しい男性《ひと》が静かに寝息を立てている。

愁矢……。

本当は今すぐにでも愁矢の元に駆け寄り、直接この手で彼の温もりを感じたかったけれど、専務の娘さんが居るこの状況ではとても無理。

「いえ、お見舞いを持ってきただけですので、すぐに失礼します」

「あらそう。でも変ね。愁矢さんが入院していること、社員の方は知らないはずなのに、誰にお聞きになったの？」

「そ、それは……」

痛いところを突かれ口籠もると、今まで沈黙を守ってきた永山さんが口を開く。

「僕が教えたんです。彼女の家は飲食店をやっていまして、朝日常務はその店の常連なんです。病院食があまりお口に合わないようでしたので、無理を言って常務の好物を作ってもらったんです」

「ふーん、そうだったの」

迅速かつ適切な対応。状況に応じた理由を即座に考え出し、危機を見事に回避した。さすが常務秘書。こんなことを言っては失礼だけど、お喋りな永山さんのこと、ちょっと見直した。でも、長居するのは危険だ。

「そろそろ失礼しますので、どうかこれを朝日常務に……」

抱えていた山吹色の縮緬風呂敷に包まれたお重を女性に手渡そうとしたのだが、突然彼女の表情が険しくなり、凍り付くような冷たい目で私を見下ろす。

「そんな理由で私を騙せると思ったの？　ソレイユ物産、事業企画課の海道涼葉さん」

嘘……バレてたの？

「あなたの容姿は伯母から聞いていたから、一目見てピンときたわ。でもまさか、こんなに堂々と現れるとはね。いい度胸してるじゃない」

思いもよらぬ展開に言葉を失う。そして危機管理能力が高いと密かに絶賛した永山さんもこの状況は対処不能のようで呆然と立ち竦んでいる。

「愁矢さんの秘書を味方につけて伯母が居ない間に病室に入り込もうだなんて、まるでコソ泥ね」

万事休す。もう言い逃れはできないと思った私は覚悟を決め、素直に頷く。

「……その通りです」

「あら、認めるの？」

「でも、秘書の永山さんは私がここに来ることは知らなかったんです。悪いのは私。どうしても愁矢さんの無事をこの目で確かめたかったから」

「か、海道さん……」

永山さんが驚いたように目を見開いて何か言おうとしたが、私は視線でそれを制し、再び彼女にお重を差し出した。

永山さんに迷惑は掛けられない。一刻も早く病室を出ないと。

「もうここには来ません。ですから、お願いです。これだけは受け取ってください。この中には愁矢さんを思う父の気持ちが詰まっているんです」

「はあ？　そんなもの受け取れるわけないでしょ？　持って帰って」

「お願いします。父が不自由な手で何時間も掛けて一生懸命作った料理なんです。一口でもいいので愁矢さんに……」

言い終わらないうちに女性が「仕方ないわね」とめんどくさそうに呟き、私の手からお重を奪い取る。態度がどうであれ受け取ってくれたことが嬉しくて安堵の息を吐くと、彼女がニヤリと不敵な笑みを浮かべた。

「あぁっ……」

女性の手からお重が滑り落ちる。一瞬のことで反応が遅れ、手を伸ばした時には既に甲高い衝撃音が病室に響き渡っていた。風呂敷の結びが解けことでお重の蓋が跳ね上がり、中の料理が浮き上がって床に散乱する。その無残としか言いようのない光景に衝撃を受け、崩れ落ちるようにその場に座り込んだ。

「嘘……でしょ」

お父さんが心を込めて作った愁矢の大好物。カレイの煮付けも、だし巻き卵も、ポテトサラダも、そして彼が一番好きな鶏の唐揚げも……全部ダメになっちゃった。

悔して、切なくて、床に置いた手をぎゅっと握り締めると頭上から女性の高笑いが聞こえてくる。

「あら～ごめんなさいね。手が滑ったみたい。でも、こんなに床を汚してしまったら後片づけが大変そう。ちゃんと綺麗にしてから帰ってね」

酷い。専務の娘でも許せない。

人を馬鹿にしたような彼女の物言いに腸が煮えくり返り、立ち上がって女性を睨み付けた時だった。彼女の後ろに居た永山さんがベッドに駆け寄って行く姿が視界に入る。

「朝日常務、全身打撲でまだ寝返りも儘《まま》ならないのに、ひとりで歩くのは無理です。今、車椅子を用意しますから」

見れば、左腕を固定した愁矢が上半身を起こし、必死に立ち上がろうとしていた。

ああ……愁矢。

「車椅子は必要ない。永山、悪いが肩を貸してくれ」

弱々しい掠れた声に覚束ない足取り。見ていられなくて愁矢の元に駆け寄ろうとしたのだが、女性が私の前に立ちはだかる。

「愁矢さんに近づかないで！　愁矢さんがこんな姿になったのは、あなたのせいなんだから！」

金切り声を上げた女性が右手を高く上げたのを見て、叩かれると思った。咄嗟に身を屈めたのだが、いつまで経ってもその手が振り下ろされる気配がない。そっと薄目を開けると愁矢が女性の腕を掴んでいた。

「なっ……愁矢さん、放して」

女性が抵抗して愁矢の手を振り解こうとしている。でも、掴まれた腕はびくともしない。そして暴れる女性に愁矢が低い声で静かに問う。

「君に涼を責める資格があるのか？」

「えっ？」

「人の善意を笑いながら踏み躙る君に涼を責める資格があるのかと聞いている」

愁矢は怒りに充ちた鋭い瞳で女性を射貫くように睨むとその手を放し、永山さんに支えられながら私の前にしゃがんで床に散らばった料理を切なそうに見つめた。

「大将が俺のために作ってくれたのか？」

「うん、愁矢の好きなものばかりだよ。でも、もう食べてもらえない」

潤んだ瞳で呟くと、愁矢が私の頭を撫でて首を振る。

「そんなことはないさ」

微笑んだ愁矢が辛うじてお重の中に留まっていた唐揚げを擦り傷が残る右手で摘まみ、自分の口に放り込んだ。

「あーやっぱり大将の唐揚げは世界一だな。旨い！」

「わっ、そんなの食べちゃダメだよ」

仰天して叫ぶも、愁矢は唐揚げをもうひとつ手に取った。

「床に落ちたわけじゃない。大丈夫だ」

だが、それは愁矢の口に入ることなく床に転がる。女性が愁矢の手から払い落としたのだ。

「愁矢さん、下品なことはしないで！」

「下品？」

「ソレイユ物産の常務がすることじゃないわ。こんな地味で貧相な料理のどこがいいの？」

女性は怒りをぶつけるように愁矢が落とした唐揚げを真っ赤なピンヒールで踏み潰した。

「……どっちが下品だ？」

愁矢の切れ長の瞳が鈍く光り、憎悪の塊のような眼差しが女性へと向けられる。その直後だった。乾いた音が響き、女性が頬を押さえて大きくよろめく。

「明日香《あすか》、いい加減にしなさい！」

彼女の頬を打ったのは、スーツ姿の恰幅のいい中年男性。

「せ、専務……」

えっ？　専務？

永山さんが漏らした声に驚き慌てて立ち上がると、専務が私と愁矢に向かって深々と頭を下げた。

「娘の明日香が失礼なことを……申し訳ない」

愁矢は無言で俯いていた。おそらく今何か言えば、自分の感情を制御できなくなる。そう思ったからだろう。こんなに怒りを露にした愁矢を見るの、初めてだもの。

専務は頬を叩かれ呆然としている明日香さんに強い口調で「片づけなさい」と命じ、自らも床に膝をついて散乱した料理を拾い始める。

「あっ、片づけは私が……」

いくらなんでも専務にそんなことはさせられない。

だが、専務は私が近づくことを許さず、嫌がる明日香さんを無理やり床に座らせた。

そして永山さんに掃除道具を借りてくるよう指示する。

専務は床を綺麗に拭き終えると、ベッドに戻った愁矢に神妙な顔で声を掛けた。

「朝日常務、実はあなたにお話があってここに来たんですよ」

愁矢は相変わらず下を向いたままだ。しかし専務は構わず話を続ける。

「どうやら私は大きな勘違いをしていたようだ。社長と姉から明日香と朝日常務の縁談を進めたいと言われた時、朝日常務も娘との縁談を望んでいるのだと思ってしまいましてね……明日香も乗り気でしたし、当人同士が結婚したいと思っているなら反対する理由はない、問題はないと判断して結婚を承諾したんです」

「えっ？」

弾かれるように顔を上げた愁矢が初めて専務と視線を合わせた。

「いや、私が伯父から聞いた話では、私が伯父の後継者になった時点で専務とはそういう約束になっていたと……」

「まさか……そんな約束はしていませんよ。私はね、端から社長の座など望んでいなかった。朝日一族ではない私が次期社長候補と言われていたのは姉夫婦に子供がなく、他に会社を継ぐ者が居なかったからです。社長にもそうしてくれと乞われ、仕方なく……ですから、朝日常務の存在を知った時は正直、ホッとしました」

しかし専務は安堵した気持ちを誰にも言わなかった。社長に向上心のない男だと思われたくなかったから。そんな専務を後継者から外されショックを受けているのではと心配した姉である社長の奥さんが愁矢と明日香さんの縁談を提案した。愁矢の件で専務に後ろめたさを感じていた社長は奥さんの提案に乗り、結婚話が本格化する。だが、奥さんの狙いはそれだけではなかった。愁矢が結婚して子供が生まれれば、その子は戸籍上、自分の孫になる。でも、その孫とは血の繋がりはない。しかし姪が産んだ子供なら血が繋がった孫になる。

「昨夜、姉に呼び出されて久しぶりにふたりで食事をしましてね、珍しく酒に酔って冗舌になった姉がそう話していました。孫の件は自分の個人的な思いなので誰にも言うなと口止めされましたが……」

「全て伯母が仕組んだことだったのですか」

真実を知った愁矢が複雑な表情で呟くと、専務が「もうひとつ」と人差し指を立てた。

「孫の話の後、朝日常務には結婚を考えている女性が居ると聞かされました。今回の入院は、その女性を庇って事故に遭ったのだと」

おそらく奥さんは、私と付き合っていても別れさせるから問題ないと言いたかったのだろう。しかし私の存在を知った専務は大変なことをしてしまったと愕然とした。

「朝日常務にそのような女性が居たとは……姉と別れ家に帰るとすぐ、明日香に朝日常務との結婚は諦めるよう言ったのですが、明日香は納得しませんでした」

明日香さんは事情を説明されても愁矢と結婚すると言って聞かず、話し合いは物別れに終わった。

「明日香とは、またゆっくり話をするつもりでしたが、昼前に妻から電話が掛かってきまして、明日香が姉に頼まれて朝日常務の付き添いをしに病院に行ったと。妻にも明日香と朝日常務の結婚は白紙になったと伝えていましたから心配になったのでしょう」

専務の奥さんは気の強い義姉を恐れていて、その義姉の頼みだと思うと明日香さんに病院に行くなとは言えなかったそうだ。

「厄介事を起こしてないか心配になって来てみれば、この有り様だ」

専務が病室の隅で拗ねている明日香さんの方をチラッと見ると、彼女がムキになって反論する。

「だって、朝日の伯母様が愁矢さんと結婚するのは私だからパパが反対しても気にしなくていいって言ったんだもの！」

「だからと言って、せっかく持ってきてくれたお見舞いのお弁当を床に落としていいはずがない。明日香がしたことは人として最低な行為だ」

きつい言葉で窘められた明日香さんが今にも泣き出しそうな顔をしている。

「もういい！　愁矢さんのことは諦める。それでいいんでしょ！」

そんな捨て台詞を残し、明日香さんは病室を飛び出していった。専務は私達に彼女の無礼を詫び、今から社長に縁談を断ってくると告げて去っていく。

「あ～では、僕もそろそろ社に戻ります」

遠慮気味にドアの近くに立っていた永山さんが愁矢に向かって一礼した後、喜悦の笑顔で私を見た。

「海道さん、朝日常務のこと、よろしくお願いしますね」

「はい！　今日は本当に有難うございました」

永山さんが病室を出てドアが閉まると、愁矢がくすりと笑う。

「永山のヤツ、なかなか気がきくな」

愁矢も気づいていたんだね。永山さんが私達をふたりきりにしようとしてくれていることに。

「永山さんって、いい人だね。彼が居なかったら愁矢に会えなかったもの」

「そうか。じゃあ、退院したら飯でも奢るか」

愁矢のその言葉を最後にふたりだけの空間に静けさが広がる。そして真顔になった彼の瞳が微かに揺れた。

「涼……会いたかった」

「私も、会いたかった」

伸びてきた右手が私の腕を掴み、そのまま引き寄せられるも以前のように強く抱き締めてはもらえない。私は固定された左腕をそっと撫で「ごめんね」と呟いた。

「なんで謝る？」

「だって、私のせいで痛い思いさせちゃったし」

「バカ……涼のせいじゃない」

愁矢は、怪我をしたのが自分でよかったのだと微笑む。

「もし、病院のベッドに寝ているのが涼だったら、俺は、きっと耐えられなかった」

どこまでも優しい人……彼の言葉がじんわりと胸に沁みていく。でも、私も愁矢のこんな姿、見たくなかった。

「今も痛むんでしょ？」

「まあな。打撲が結構きつい。鎮痛剤が効いている時はいいんだが、そろそろ切れる頃だ」

「じゃあ、ナースステーションに行って看護師さんを呼んでくる」

身体を起こして立ち上がろうとしたのだけれど、愁矢は私の腕を掴んだまま放そうとしない。

「鎮痛剤よりよく効く薬があるから大丈夫だ」

緩く口角を上げた彼が人差し指で私の唇をなぞり、目を細めた。

「涼、キス……してくれ」

「えっ、ここで？」

突然の要求に頬が火照り、反射的に愁矢から視線を逸らしてしまう。だけど「涼のキスが特効薬なんだよ」なんて言われたら断れなくて、躊躇いながら彼の頬を両手で覆い綺麗な瞳を見下ろした。

愁矢が望むのなら、それで痛みが和らぐのなら……。

パイプ椅子から腰を浮かせて覆い被さるようにそっと唇を合わせると、愁矢が右腕一本で私を強く抱き締め、重なった胸が激しく鼓動を刻む。

愁矢と会えなかったのはたった四日間なのに、この温もりがとても懐かしく感じる。ただただ、こうやって愁矢とキスしていることが嬉しくて……。

「んんっ……しゅう……やぁ」

「この声を聞きたかった」

唇を重ねたまま微笑んだ愁矢の右手が私の背中を這い上がり、うなじを優しくひと撫でして髪を掻き上げた。

「うっ、ふっ……ん」

唇の端から漏れた声は自分のものとは思えないくらい艶めかしくて、目覚めたばかりの欲情を刺激した。

キスだけでこんなに感じちゃうなんて。

昼間の病室でキスをしているという背徳感が余計に私の気持ちを高ぶらせる。静寂は燃え上がるような感情の奔流に変わった。

程なく絡めた舌がお互いの口腔内で激しく乱れ、貪るような荒々しいキスに酔いしれる。だが、大切なことを言い忘れていたことに気づき、慌てて身体を起こした。視線の先には、不満げな瞳が甘い雰囲気を台無しにした私を見つめている。

「全然足りない……もう終わりか？」

「ごめん。どうしても愁矢に伝えたいことがあって」

「それ、キスより大事なことなのか？」

「う、うん。多分……」

彼はかなりご立腹のようだ。でも、父親が私達の結婚を認めてくれたのだと言うと、拗ねた顔が驚きの表情に変わり、豪快に破顔した。

「確かにキスより大事なことだ。そうか……大将が許してくれたのか」

「でも、愁矢が海道の家に入るのはダメみたい。だから私にお嫁に行けって」

「ってことは、俺は海道愁矢には戻れないのか？」

一瞬彼の表情が曇るが、あんなに頑なだった父親がここまで譲歩してくれたのだ。その気持ちは愁矢にも確実に伝わっている。

「自分の信念を曲げてまで俺との結婚を認めてくれたんだ。感謝しないとな」

「うん、私も感謝してる」

私達はお互いの手を握り、暫し無言で見つめ合っていた。

言葉にせずとも分かる、愁矢の思い。そして彼も私の思いを分かっているはず。

「今度は俺の番だな」

力強く呟いた愁矢が私の手を更に強く握り締める。

「今夜、伯父にここに来てもらって話をする」

「愁矢……」

「そんな顔するな。大丈夫。何も心配いらない。俺が朝日の家を継ぐと分かれば、伯父の気持ちも変わるだろう」

だったらいいんだけど……。

「悪いが涼のスマホを貸してくれるか？　今から伯父に電話する」

愁矢は事故以来、自分のスマホを社長に取り上げられて何度返して欲しいと頼んでも聞き入れてもらえなかったそうだ。

「俺と涼が連絡を取り合うのを避けるためだったんだろう」

「でも、そんなことをしたら会社にも連絡できないし、仕事にも影響があるんじゃないの？」

「ああ、俺もそれを危惧したんだが、俺が抱えている仕事は伯父が代行しているようで、どうしても俺じゃないと決裁できない案件は保留になっているらしい」

仕事が滞っても私を愁矢から遠ざけたかったんだ。そこまで嫌われた私が受け入れてもらえるんだろうか？


――午後七時。いよいよその答えが出る時がきた。

ノックの音が響き、どよめく胸を押さえて振り返れば、ゆっくり開いたドアの向こうに能面のような無表情な顔をした社長夫婦が立っていた。

「お呼び立てして申し訳ありません」

愁矢が上半身を起こして会釈すると社長の顔が微かに綻ぶ。だが、立ち上がって一礼する私とは目も合わせようとはしない。その後に続いた奥さんもこちらを見ることなく目の前を通り過ぎて行った。

「専務からお話があったと思いますが……」

間髪入れず切り出した愁矢に、パイプ椅子に腰を下ろした社長が急かすなと言わんばかりに掌を向ける。そして奥さんが隣に座るのを待ち、ようやく口を開いた。

「専務から縁談を断ると言われたよ。妻の方にも姪の明日香から破談にして欲しいと連絡があった。そうだな？」

社長に問われた奥さんが不服そうな顔で頷き、苛立ちを含んだ声で呟く。

「愁矢さんが明日香と結婚してくれたら皆が幸せになれたのに……」

この言葉を聞き、愁矢の顔が強張ったように見えた。

「その皆の中に私は入ってないのですか？」

「えっ？」

「好意を持っていない女性と結婚しても私は幸せにはなれない。それに関しては我慢しろと？」

「あ……」

奥さんが口籠もるとすかさず社長がフォローに入り、妻は朝日家のことを思って縁談を進めたのだとか、会社のためにもそれが最善の策だったとか、あれこれ理由をつけて必死に奥さんを庇った。その姿は業界トップに君臨し、厳格で驚異的な経営手腕を持つと言われている人物とは思えないほど焦燥感が漂っている。私には、妻を愛するひとりの男性にしか見えなかった。

社長は奥さんのことをとても大切に想っているんだ。

そう思ったのと同時に、ある疑念が頭を過る。

社長は気づいていたのかもしれない。奥さんが愁矢と明日香さんの結婚に拘る本当の理由に。だから愁矢から私を遠ざけて明日香さんとの結婚を進めようとした。愛する妻に血の繋がった孫を抱かせてやりたいと思ったから……でも、専務から縁談を断られてその願いは叶わなかった。

社長の内心を探りつつちょっぴり切なさを感じていると、痺れを切らした愁矢が訴えるように言う。

「私にも幸せになる権利はあるはずです」

「もちろんだ。私達も愁矢が幸せになることを望んでいる」

「でしたら、私が共に生きていきたいと願う女性と結婚させてください。彼女のご両親からは既に結婚の許しを得ています」

声を荒らげる愁矢を見つめる社長の目はなぜか凄く寂しそうだ。

「愁矢……君も私を捨てるのか？」

「捨てる？」

「君の母親は私達家族を捨て、愛した男の元に行ってしまった。君も妹と同じように私を捨て、朝日家を出て行くのか？」

身を乗り出した社長が愁矢の右腕を掴み縋るように言うと、愁矢が眉を下げて首を振る。

「涼のご両親は私が海道家の婿養子になることを望んでいません」

もう朝日家を出る理由はなくなった——そう説明を受けた社長が大きく目を見開き「えっ……」と小さく声を上げた。

「本当か？」

「本当です。それでも涼との結婚を認めてくださらないのなら、私は一生、誰とも結婚しません」

社長は明らかに動揺していた。何度も瞬きを繰り返し「それは困る」と呟く。

「愁矢が朝日の家を継いだとしても、子供が生まれなければ家は断絶だ」

そして少しの沈黙の後、社長が私に視線を向けた。

「海道君、君は本当に朝日家の一員になる覚悟があるのかね？」

覚悟はできている。愁矢と結婚できるならどんな苦労も厭わない。そう思って私はここに来たんだから。

「もちろんです」

迷いなく即答すると、社長が隣の奥さんの顔を覗き見る。

「君は、どう思う？」

問われた奥さんは暫し目を伏せ考え込んでいたが、顔を上げると堰を切ったように話し出した。

「朝日家当主の妻は誰でも務まるというものではないわ。まず、高い教養と知識、品格を身につけていないと……そして我が家の伝統を理解し、尊重すること。何より重要なのは、夫が公私で関わる方々と円滑にコミュニケーションが取れるかということね。特に海外からのお客様がいらっしゃった時は、日本の伝統的なおもてなしを体現できる女性でないと朝日家の沽券に関わります。海道さんが今言ったことを全てクリアする女性なら喜んで朝日家にお迎えしましょう」

半端ないプレッシャーに足が震えた。でも、ここで引き下がるわけにはいかない。

「茶道や華道でしたら多少経験があります。朝日家の伝統などはこれから勉強させていただいて奥様に認めてもらえるよう努力しますので、どうか愁矢さんとの結婚を認めてください」

「そう、では、愁矢さんが退院したら、一度朝日の家に来てちょうだい。そこで海道さんが朝日家の嫁に相応しいか確かめます」

愁矢は品定めするようなことはやめてくれと反論したが、私はその提案を受け入れた。自信なんてないけど、社長と奥さんに私のこと、ちゃんと認めて欲しいから……。

「必ず、お伺いします」

第七章　試される愛

事故から一ヶ月。病院を退院した俺は自宅マンションに戻り、無事仕事に復帰した。しかしまだ骨折した左肩は完治とまではいかず、現在もシーネで固定されている。そんな俺の不自由な生活を助け、支えてくれているのは、退院した日から泊まり込みでマンションに来てくれている涼だ。そして涼も病院で伯父と話した後に自宅待機が解かれ、今は三日後に行われる事業投資のプレゼンに向け、資料作りを頑張っている。

夕食後も涼はリビングのソファでプリントアウトしたプレゼン資料を眺めていた。そんな彼女の横に座り、俺もプレゼンに参加することになったと伝えると涼が露骨にイヤな顔をする。

「えっ～愁矢は参加しなくていいよ～」

俺が居ると緊張するとか、恥ずかしいとか言ってごねていたが、内容が良ければその場で企画を通してもいいと言うと目の色が変わった。

「ホントに？」

「ああ、でも特別扱いはしないからな。あくまでも内容重視。会社の利益にならないと判断したら容赦なくボツにする」

「うん、分かってる」

涼が嬉しそうに笑顔を見せるも、その視線がローテーブルの上の卓上カレンダーに向いた瞬間、表情が硬くなる。

「朝日の家に行くの、いよいよこの週末だね」

「別に行きたくないなら行かなくてもいい」

そもそも俺は、朝日家の嫁に相応しいか確かめるという伯母の上から目線の考え方が気に入らなかった。

「伯母には悪いが、時代遅れの思考だ。全く共感できない」

しかし涼は拒絶してもなんの解決にもならないと苦笑する。

「反対を押し切って夫婦になるのは簡単だけど、愁矢と結婚したら社長と奥さんは私の義理の両親になるんだもの。付き合いはずっと続くわけだし、だったらふたりに祝福してもらって結婚したいじゃない」

確かに涼が言うように伯父夫婦と良好な関係を築ければ、結婚しても平穏に暮らせるだろう。だが、伯母の今までの言動から察するに、それは難しいような気がする。

「涼の気持ちは分かる。でもな、これだけは覚えておいてくれ。伯母が涼を受け入れてくれなくても俺達の未来は変わらない」

「うん……」

涼の太陽のような眩しい笑顔がないと俺の心は枯れてしまうから……そしてこの白い柔肌に触れることができなくなったら、もう生きていけない。だからどんなに反対されても涼を手放すことはない。

華奢な肩に腕を回して彼女を引き寄せると、首筋にそっと唇を押し当てた。

「……今夜は、涼が欲しい」

「あ、でも、まだ肩が……」

「心配するな。右手一本あれば、涼を気持ちよくさせてやれる」

可愛い小ぶりの耳朶を甘噛みしながら囁くと、涼が頬を紅潮させて恥ずかしそうに長い睫毛を伏せる。

「えっと、そういう意味じゃなくて……」

「分かってるさ。わざとそう言ったんだから。涼の照れた顔が見たかったんだ」

「なっ、愁矢のイジワル」

怒った顔も可愛くて、ぷうと膨らませた頬に手を添え、艶のある桜色の唇を奪った。

涼の柔らかい唇は砂糖菓子のように甘くて、このまま食べてしまいたくなる。

涼、君は気づいていないんだろうな。キスの合間に時折見せる妖艶な表情に俺の情欲が掻き立てられ、微かに開いた瞼の奥で煌めく美しい瞳に気持ちが高揚していることに。

「ああ……涼」

まだ唇を合わせただけだというのに、既に劣情に塗れた俺の息は荒く、胸も、そして心も苦しい。この愛しい女の中に熱い欲望を沈めたくて堪らないのだ。

「しゅう……や」

彼女が俺の名を呼んだのと同時に唇を割って滑らかな舌を掬い上げる。そのまま少し乱暴に絡めると半開きになった涼の唇から微かな喘ぎ声が漏れた。

「う、うふ……ん」

その声で歯止めが利かなくなり、深く濃厚なキスを交わしながら涼の身体をソファに押し倒す。その反動で絹のような綺麗な巻き髪が揺れて甘い香りがふわりと漂った。

彼女の肌の温もり、艶やかな声、甘い香り。全てが俺の男心を激しく刺激する。

ベッドに移動する時間が惜しい。

「ここで……いいか?」

そう言った時にはもう、俺の指はブラウスのボタンを外し始めていた。余裕のなさが露呈する。しかし急く気持ちとは裏腹にシーネで固定されている腕が邪魔をして思うように動けない。

情けないよ。涼を気持ちよくさせてやると啖呵を切ったのにこのザマだ。

それでも君は右手だけの愛撫に肢体を震わせ感じてくれている。そんないじらしく可愛い涼にもっと焦げるような快感を与えてやりたくて、キスを解いて小声で囁いた。

「涼……上になって」

「えっ？」

涼が恥じらい躊躇いの声を上げるも、すぐに熱っぽい視線をこちらに向け、身体を起こす。

「しゅう、やっ……これで……いい？」

蜜を纏ったような甘ったるい声と俺を見下ろす優艶な瞳——視線がぶつかった瞬間、恍惚として一瞬呼吸が止まった。

可愛さの中にゾクッとするような大人の色気を感じる。涼、君はどこまで俺を興奮させるつもりだ。

我慢できず右手で細い腰を掴むとひとつになった身体が揺れ、陶酔した表情の涼が艶声を響かせる。

ああ……涼をもっと啼かせたい。

俺は交わった魂が熱く共鳴するのを感じながら、弓なりになった彼女のしなやかな裸体を見上げた。

——涼……愛してる。俺はこの先もずっと、君を……君だけを愛し続ける。


——ソレイユ物産、十八階、第七会議室。

三人目のプレゼンが終わった途端、右隣に座っている企画部の部長がため息を漏らす。

「データ分析が甘い。話になりませんね」

同感だ。自分の理想ばかり主張して数字的根拠が全く示されていない。若手の斬新な企画に中堅社員達が触発され、仕事の士気が上がればと期待したが完全に思惑が外れた。これでは、事業企画課の社員全員を呼んだ意味がない。

「朝日常務にお越しいただいてこの内容では……企画書の最終確認を課長に任せた私の責任です。申し訳ございません」

「いや、若手社員に企画書を提出するよう指示したのは私だ。気にしないでくれ。それに、まだひとり残っている」

とは言ったものの、プロジェクタースクリーンの前に立った涼は遠目でも分かるほどガチガチに緊張している。その姿を見てこっちまで緊張してきた。

涼、落ち着け。毎晩遅くまで悪戦苦闘しながら企画書作りを頑張ってきたんだ。その成果をここで見せてくれ。

ラストの涼に期待し、心の中で励ましの言葉をかけた時だった。ノックの音が聞こえ、会議室のドアが静かに開く。そして室内に入って来た人物が誰か分かった瞬間、全員が驚愕の表情で立ち上がった。

なぜ、伯父がここに？

「社長……どうされたのですか？」

戸惑いながら尋ねると、俺の左側の椅子に腰を下ろした伯父が小声で言う。

「お前に話があってね、秘書に聞いたらここに居ると教えてくれたんだ」

「連絡をいただければ、こちらから伺いましたのに……」

「いや、いいんだ。興味があったんだよ。海道君のプレゼンに。どうやら間に合ったようだね」

伯父の真意が分からず困惑する。しかし俺より涼の方が遥かに動揺していた。さっきより緊張が増したようで資料を持つ手が大きく震えている。

そうだよな。プレゼンの直前に会社のトップ、因縁の伯父が突然現れたんだから。

伯父は涼を真っすぐ見つめ、意味ありげな笑みを浮かべた。

「私に構わず続けてくれ」

「は、はい。それでは、前のスクリーンにご注目ください」

涼がハンドポインターをスクリーンに向けると、プレゼンのタイトルが映し出される。

【バリューチェーンを利用した外食産業再参入へのロードマップ】

すると、その文字を見た伯父の顔から笑みが消えた。伯父だけではない。課長以上の役職者が一斉にスクリーンから目を逸らし顔を伏せる。それは、涼がソレイユ物産の黒歴史、消してしまいたい過去の汚点に触れてしまったからだ。

十五年前、ソレイユ物産は巨額の資金を投入して外食産業に参入するも他社との価格競争に負け、程なく新規事業から撤退することになる。多額の損失を出し、株価は暴落。その年の株主総会は大荒れになり、もの言う株主に責任を追及された前社長は退任に追い込まれたのだ。それ以来、ソレイユ物産は外食産業への投資は避けてきた。

「この内容はマズいですね。プレゼンは中止させましょうか？」

伯父の様子を覗き見た部長が上ずった声で耳打ちしている。

「いや、このまま続けさせましょう」

「しかし……」

「タイトルだけでは判断できません。もう少し話を聞いてからにしましょう」

余裕の笑みを部長に向けたが、俺もかなり動揺していた。

そんな事情を知らない涼のプレゼンが始まる。

「私が提案するのは、資金投資だけではなく、自社のバリューチェーンを最大限に利用し、確実に収益を上げていくというものです。総合商社の我が社には、日本一の資材調達力があります。それを生かして価値のある企業に対し、海外でしか手に入らない希少な食材や製品を提供して長期的に事業経営をサポートしていきます」

「確かに今の時代は、他にはない珍しいもの、見栄えの良いものが好まれる傾向にありますが、それだけを追求してもすぐに廃れてしまうのでは？」

このプレゼンで初めて質問の声を聞いた。

「もちろん、そうです。では、こちらをご覧ください」

スクリーンには、飲食店協会が実施したリピートしたい店のアンケート調査の結果が年代別に表示されていた。

「ご覧いただいた通り、飲食店にとって一番大切なのは、お客様にまた食べたいと思ってもらえるような美味しい料理を提供することと、また来たいと思わせる店の雰囲気作り。そして好感の持てる接客です。つまり、その条件を満たしていれば、リピーターは勝手に増えてくれるのです」

涼には悪いが、それは至極当然のこと。おそらくここに居る全員が分かっていることだ。

伯父も俺と同じことを思ったのだろう。嘲笑しながら口を開く。

「海道君は経営が順調な人気のある飲食店に投資するよう提案しているのかね？」

「いいえ、私が考えているのは、経営不振で今にも倒産しそうな飲食店経営会社への投資です」

伯父が前屈みになり「はあ？」と声を上げたのと同時に会議室が騒めきだす。

「ただ、その会社が経営している飲食店はどの店舗も非常にリピーターが多く、数ヶ月先まで予約が取れないほどの人気店です」

そして一週間以内に撮られたという店内の動画が流れる。どの店も満席状態で繁盛店だということは一目で分かった。そして三軒目のフレンチレストランの画像を観た時、涼が外食産業への投資を強く推す理由が分かり「あっ……」と声が漏れる。

涼……君は、まさか……。

「その飲食店経営会社の社名は、フェイムコーポレーション。社長は相馬洋一《よういち》氏です」

やはりそうか。涼は友人の夫の会社を助けようとしているんだ。

涼の目的は分かった。だが、ビジネスは情に流されて進めるものではない。

「フェイムコーポレーションは以前、我が社の子会社化を希望していたが、既に断っている」

俺は敢えて涼に不利な言葉を投げ掛けた。

「承知しています。理由は負債が多過ぎるというものでした。しかしその原因は株式投資の失敗と放漫経営。ソレイユ物産から資金や人材を送り込み、健全な経営状態にすれば、業績が上がり企業価値も向上してフェイムコーポレーションは生き返ります。そして出資した我が社の価値も向上します」

その後も涼はフェイムコーポレーションの過去五年間の飲食事業の決算報告書を示し、如何にフェイムコーポレーションが投資に値する企業かということを切々と訴えた。

「これは、ソレイユ物産のリベンジでもあるのです。過去の失敗を引きずっていては前には進めません」

ああ……そうか。だからプレゼンのタイトルが【外食産業再参入】だったのか。

涼は十五年前の外食産業への参入失敗を知っていた。知った上で、フェイムコーポレーション再生を提案したのだ。それも、未だにそのトラウマを払拭できずにいる伯父の前で堂々と。

「フェイムコーポレーションへの事業投資を強く勧め、プレゼンを終了したいと思います。有難うございました」

こんな熱の籠もった熱いプレゼンを聞いたのは初めてだよ。公平な目で見てもとてもいいプレゼンだった。

「頑張ったな。涼」

頬を紅潮させた涼を見つめ呟くと、隣から手を叩く音が聞こえる。

「社長……」

するとあちらこちらから拍手が沸き起こり、伝染するように会議室全体に広がっていった。

「海道君に痛いところを突かれたな。リベンジするのも悪くない」

「と、いうことは……彼女の企画を通すということですか？」

「さすがに即決はできないが、検討の余地はあるということだ」

伯父もあそこまで言われたら引き下がれないと思ったのだろう。涼の勝ちだな。

そして鳴り止まぬ拍手の中、立ち上がった伯父が独り言のような小さな声で呟く。

「海道涼葉……なかなか面白い娘だ」


——日曜日の午前九時半。

「……では、行ってきます」

姿勢を正しそう言うと、カウンターの中に居る大将と女将さんが憂い顔で頷く。その表情から娘の身を案じる親心がひしひしと伝わってくる。

今日は涼の朝日家訪問の日。ふたりは涼のことが心配なのだろう。

朝日の家に行く前に涼の実家に来たのは、大将と女将さんにお礼が言いたかったからだ。女将さんはわざわざ寄らなくてもいいと言ってくれたが、そういうわけにはいかない。大将が一番恨んでいる宿敵の末裔の俺と、大切な跡取り娘の涼との結婚を許してくれたんだ。どうしてもふたりに直接会ってお礼が言いたかった。

「お礼なら退院した後に何度も聞いたよ。律儀だねぇ、愁矢は」

女将さんは穏やかに微笑んでいるが、隣の大将はソワソワして落ち着かない。

「涼葉、行きたくないなら行かなくてもいいんだぞ」

大将の気持ちは痛いほど分かる。俺もできることなら涼を朝日の家に連れて行きたくない。しかし涼はどうしても行くと言って聞かないのだ。

「心配しなくても大丈夫だって！」

「本当に大丈夫か？　ワシも一緒に行ってやろうか？」

「やめてよ！　お父さんが来たら纏まる話も纏まらなくなる」

涼に速攻で拒否されシュンとしている大将を女将さんが強い口調で窘《たしな》める。

「ちょっと、何言ってんの？　仕出し弁当の注文が入ってるのに、そんな暇ないでしょ？」

十日程前から大将の手の痺れや震えが改善し、包丁が使えるまで回復していた。

俺と涼の再婚の話が進展して気持ちが楽になり症状が改善したのかもしれないと女将さんが喜んでいた。しかしまだ完全に痺れが消えたわけではない。居酒屋再開はもう少し様子を見てからということになった。今は事前に注文を受けた仕出し弁当のみ提供している。

「近いうちに大将の唐揚げを食べさせてください」

「ああ、分かった。愁矢……涼葉のこと、頼んだぞ」

「はい」

涼は俺が守る――強い決意の下、待たせていたタクシーに乗り込むもやはり気になり、車が発進する前にもう一度涼の気持ちを確認する。

「本当にいいのか？」

「もう～愁矢までそんなこと言って。いいに決まってるじゃない」

拍子抜けするくらい明るい声で答えた涼だったが、朝日の家に近づくにつれ口数が少なくなってきた。緊張しているのだろう。青白い顔をして膝の上の手を握り締めている。

「やめるなら、今だぞ」

「……大丈夫」

涼が引きつった笑顔を俺に向けた数秒後、タクシーがゆっくり停車した。

「ここが、朝日の家……」

大きな鉄柵の門の前で涼がブルッと身震いする姿を見て、自分が初めてここに来た時のことを思い出す。

当時の俺もこの豪邸を見た時は緊張して足が竦んだ。だが、好意的に招かれた俺と涼とでは状況が全く違う。もし涼が理不尽な扱いを受けたら、その時は迷わずここを去ろう。そう決め、華奢な背に手を添えて広大な庭に足を踏み出した。すると涼が声を震わせ「待って」と呟く。

やはり行きたくないんだな。

「構わない。帰ろう。伯母には俺から連絡しておく」

踵を返し再び涼の背中を押すと、彼女が俺を見上げて大きく首を振った。

「違う。そうじゃなくて……」

涼は俺と真逆のことを考えていたのだ。

「一般庶民の私に奥さんが望むような朝日家の嫁が務まるかは分からない。でも、愁矢と結婚したいから、ずっと一緒に居たいから、私ができる精一杯のことはしたいの。だから奥さんの前で私を庇うようなことは言わないで」

涼は俺の助けを借りず、自分ひとりの力で伯母に認めてもらいたいのだと切々と語る。

「だって、血は繋がってないけど、奥さんは愁矢のお義母さんなんだもん」

「涼……」

眩しい笑顔だった。八年前、俺が憧れた太陽のようにキラキラ輝く涼の笑顔。

「分かった。涼がそうしたいのなら俺は何も言わない」

「有難う。愁矢」

礼を言わなければならないのは俺の方だ。朝日家に来て辛い思いをしなくても婚姻届を提出すれば、俺達は今すぐにでも夫婦になれる。しかし君は今にも切れてしまいそうな俺と伯父夫婦との絆を必死に繋ぎ止めようとしてくれている。本物の家族にしようとしてくれているんだ。おそらくそれは、天涯孤独で家族の温もりに飢えていた八年前の俺を知っているから……なんだよな？

しかしそう問えば、大将に似て意地っ張りの君はそんなことはないと言って話をはぐらかすだろう。

「俺が分かっていればいいか……」

「えっ？　何？」

「いや、なんでもない。じゃあ、行こうか」

俺は彼女の手を強く握り締めて白亜の洋館に続く石畳の小道を歩き出した。途中、涼は庭を見渡し「凄い」という言葉を連発し、噴水の横を通り過ぎると「漫画みたい」と苦笑する。そして玄関の扉を開けると大きく仰け反り、まん丸の目で吹き抜けの天井を見上げてため息を漏らした。

「色々とあり得ないんだけど……」

「何があり得ないのかしら？」

突然現れた伯母に驚いて涼の顔が硬直したが、すぐに穏やかな笑顔で会釈する。

「素敵なお宅ですね。今日はお招きいただき、有難うございます」

伯母は怪訝な表情で涼を凝視した後、日の光が差し込む広い廊下へとくるりと向きを変えた。

「どうぞ。こちらにいらして」

暫く廊下を歩き伯母が足を止めたのは、十畳の座敷が二間続きになっている和室の前。家の造りは洋風だが、海外の客を持て成すために和室も造られたとか。京都からわざわざ木工職人を呼び仕上げたという超繊細な極上彫りの木彫欄間は伯母の自慢だ。

そんない草のいい香りがする座敷で俺達を待っていたのは、六十代くらいの和装の女性。女性の前の座卓には色とりどりの花が置かれている。

「こちらの方は、私が懇意にしている生け花の師範、珠代《たまよ》先生よ。海道さんが華道の経験があると言っていたので、その実力を判断してもらおうと思って来ていただいたの」

隣に立つ涼の顔が強張り、蒼白になっていく。

そうだった。病室で伯母達と話をした時、涼は華道と茶道の経験があると言っていたんだ。だが俺は、過去も現在も涼の口からそんな話は聞いたことがない。あれは切羽詰まって苦し紛れに出た言葉だと思っていた。それを伯母が信じるとは……いや、信じていないからわざわざ華道家の師範を呼んで涼を追い詰めようとしているのかもしれない。

伯母の加虐心に怒りを覚えたのと同時に、オドオドと不安げに視線を彷徨わせている涼が不憫でならない。口出しはしないと約束したが、我慢できず「無理するな」と声を掛けてしまった。すると突然涼の目付きが変わる。それは、覚悟を決めたような凛とした眼差し。

「先生、お題は何にいたしましょう？」

「あなたのお好きなように生けてくださって構わないのよ。でも、ひとつだけ注文をつけるとしたら、このお座敷の床の間に相応しいお花がいいわ」

「承知いたしました」

涼が選んだのは、信楽焼の平たい水盤花器。花器の手前左寄りに剣山を置くと静かに水を注ぎ入れる。そして桃の花の枝を手に取り、花器の大きさに合わせて長さを測り始めた。その迷いのない動きに俺の前に座る伯母と珠代先生が顔を見合わせる。

「あの方、華道の経験はあるようですね」

「え、ええ……そのようですね」

ふたりの会話に驚いて涼の方に目線を流すと、斜めに配置した桃の花の枝の横にアップルグリーンのスイートピーを生けたところだった。

力強く真っすぐ伸びた桃の花の枝に対して柔らかな雰囲気を持つスイートピー。その前に八重咲の金盞花と濃い緑の葉物を足すと一気に引き締まった印象になる。華道に関してはど素人の俺だが、配置された花々のバランスや色合いが純粋に美しいと感じた。

「桃の花には菜の花かと思いましたが、個性が出ていていいですね。流派は轟《とどろき》流かしら？」

珠代先生に褒められ、涼の表情がパッと明るくなる。

「は、はい。轟流です」

「私も轟流なのですよ。お師匠さんはどなたかしら？」

「教えてくださったのは、轟清明《せいめい》先生です」

その名を聞いた伯母と珠代先生が仰天して息を呑む。

「まあ！　家元から直接ご指導を受けていらっしゃったとは……」

珠代先生の一言でふたりの驚きの理由が分かり、思わず涼を二度見した。

涼とは八年間離れていたが、再会し、心を通わせ、多くを語り合った今、彼女のことは全て分かっていると思っていた。しかし実際は、涼が華道の家元に生け花を習っていたことすら知らなかったんだ。

俺が知らない涼――少しばかり寂しさを感じていると、涼が生けた花を床の間に置いた珠代先生が振り返り、伯母を見た。

「師範の私でも家元にお会いできるのは、年に一度、お正月のお稽古始めの時だけ。おそらく家元にとって、そちらのお嬢さんは特別な存在なのでしょう。そのような方に私が意見などできません。ただ、ひとつ言えるのは、このお花がこちらの床の間によく馴染んでいるということ」

さすがに伯母も尊敬している華道の師範にそう言われたら返す言葉がなかったのだろう。眉を顰めて視線を落とす。

伯母同様、俺としても予想外の展開だったが、なんとか乗り切ったようだ。

胸を撫で下ろし安堵するも、それで終わりではなかった。玄関で珠代先生を見送ると伯母が俺と涼を庭に連れ出す。

どこへ行こうとしているのか、だいたい想像がつく。洋館の裏にある茶室だろう。

しかしその前にどうしても涼に聞きたいことがあった。

前を行く伯母の背中から隣を歩く涼に視線を移し「さっきのことだが……」と切り出す。

俺としては、涼がどういう経緯で轟流の家元と接点を持ったのか知りたかったのだが、そのことを聞く前に伯母が振り返った。

「茶道の先生が予定より早く到着して、もう茶室にいらっしゃるのよ」

伯母が茶道の先生と言ったのは、おそらく早雲《そううん》宗匠。茶道の最大流派の家元の実兄だ。本来なら長男の早雲宗匠が家元になるはずだったが、家元襲名の挨拶の場でいきなり弟に家元の座を譲ると発表して大騒動になった。どうして突然そんな発表をしたのか、弟子の間では気難しい性格故の戯れと噂されているようだが、本人が何も語らないのでその理由は未だ不明。ただ、早雲宗匠が点てるお茶は香り高くまろやかな味わいで、弟の家元を凌ぐと言われている実力者だ。朝日家とは先代からの付き合いだと聞いている。

「主人が先生の相手をしてくれているけど、あまりお待たせすると機嫌が悪くなるかもしれないから急いでちょうだい」

伯父が茶室に……だから姿が見えなかったのか。

「愁矢さんは知っていると思いますが、朝日家は大切なお客様がいらっしゃると必ずお茶を点てておもてなしをするの。こんなことを言ったら珠代先生に申し訳ないけど、ここからが本番よ」

伯母にプレッシャーを掛けられ涼の背筋がピンと伸びる。だが、木々の間から茶室が見えると興奮気味に声を弾ませた。

「わぁ……凄い。本格的ですね」

茶屋を建てる時、景観に拘った先代が露地と言われる和風の庭も一緒に造ったそうだ。例えるなら、山里にひっそり佇む寂れた庵という感じで、聞こえるのは小鳥の囀りと小川のせせらぎ。そして草木を揺らす風の音のみ。この自然の中に居るとここが都会の真ん中だということを忘れてしまいそうになる。俺が朝日家で唯一、心落ち着く場所だ。しかし今日に限っては全く癒し効果がない。

おそらく涼は茶道の経験もあるのだろう。だが、早雲宗匠と伯母の前で冷静で居られるだろうか……。

「失礼いたします」

伯母が茶屋の外から声を掛け、躙り口の引き戸を開ける。身体を屈めて室内に入ると丁度伯父がお茶を飲み終えたところで、清々しい抹茶の香りが漂っていた。

茶釜の前に座っているのは、紋付色無地の着物を着た白髪の大柄な男性。

この人が早雲宗匠か……。

日本に戻って来て暫くこの家で世話になっていた時、毎週日曜日にこの茶屋で伯母から茶道の指南を受けていた。俺が希望したわけではなく、朝日家を継ぐ者として茶道は必須と伯母に口酸っぱく言われたからだ。正直なところ、あまり楽しいとは思えず仕方なく付き合っていたのだが、ある日を境に茶道に興味を持つようになる。

亡くなった俺の母も若い時にこの茶屋でよくお茶を点てていたと伯父に聞いたからだ。茶道の奥深い世界観に魅了され、毎日のようにお茶を点てていた母。そんな母が師事し、絶大な信頼を寄せていたのが早雲宗匠。その早雲宗匠とこんな形で顔を合わせることになるとは……。

「早雲先生、こちらの方が先ほどお話しした海道さんです。どうかお点前を見てやってください」

伯母の言葉を聞いた涼が大きく目を見開いた。

「奥様にではなく、早雲先生にお茶を点てるのですか？」

「当然でしょ？　そのためにここに来てもらったのだから。では、早雲先生、よろしくお願いいたします」

伯母が深く頭を下げると茶釜の前に座っている早雲宗匠がこちらを向き、真剣な表情で涼を見つめる。

マズいな。涼が茶道の経験者なら早雲宗匠の名前を知らないはずがない。

「涼、相手が誰でも気にするな」

「う、うん。大丈夫」

とは言ったが、その声は上ずっている。

「それでは、一服いただきましょうか……」

早雲宗匠が立ち上がり主客の位置に座ると、涼が深呼吸をして顔を上げた。

「本日は和服ではありませんので、お作法通りにいかない部分があるかもしれませんが、そちらはお許しください。奥様、帛紗《ふくさ》をお借りできますか？」

先ほどの生け花の時と同様、雑念のない清らかな瞳。そして落ち着いた声色——伯母から帛紗を受け取った時点で、涼から不安や戸惑いという負の感情が消えていたように思う。

茶釜の前に座った涼は姿勢を正すとお湯を掬う柄杓《ひしゃく》を構えて蓋置《ふたおき》の上に下ろし、茶碗を手に取った。それを膝から少し離れた場所に置くと、自分と茶碗の間に抹茶が入った棗《なつめ》を置く。そして伯母から借りた帛紗で棗と茶杓《ちゃしゃく》を拭き清めた。

俺が見ても自然で美しい所作だと思う。特に帛紗をさばいて再び折りたたむ時の独特な手の動きがとても綺麗で見惚れてしまった。その後もひとつひとつの動作に迷いがなく、つつがなく流れるようにお点前が進んで行く。

この頃にはもう、安心して涼を見ていることができた。

早雲宗匠を前にして、ここまで堂々としていられるとは……恐れ入ったよ。涼。

茶釜の蓋が開けられ、お湯を入れた茶碗に茶筅をつけて茶筅通しが行われた後、茶杓を取った涼葉が早雲宗匠に視線を向ける。

「お菓子をどうぞ」

早雲宗匠がお辞儀をして懐紙《かいし》に桜の花を模した練り菓子を取ると、涼が棗からお茶の粉を二杯、茶碗に移し入れ、柄杓でお湯を注ぐ。そして茶筅がお湯を切るシャカシャカという音が茶室に響いた時のこと、隣から伯父の掠れた声が聞こえた。

「……明穂」

伯父はなぜ、このタイミングで母の名を？

「母がどうかしましたか？」

小声で問い掛けると、伯父が優しい眼差しで涼を見つめていた。

「似ているんだよ。明穂の若い頃に……まるで明穂がお茶を点てているようだ」

「えっ……」

涼が母に似ていると思ったことは一度もない。病弱だった母はいつも俯き気味で寂しそうな顔をしていた。笑顔が眩しい涼とは正反対だ。しかし伯父にそう言われ改めて涼の姿を見ると、以前見た母の若い頃の写真と重なるものがあった。

なで肩で華奢な身体つき。そして雪のように白い肌と黒目がちの大きな瞳……。

亡き妹を思う伯父の目には涙が溢れていて、その姿を見た俺もまた、目頭が熱くなる。

母さんにも俺が愛した涼に会ってもらいたかった。涼が点てたお茶を飲んでもらいたかったよ。

「服加減はいかがですか？」

伯父に気を取られ感傷的になっている間に早雲宗匠は涼が点てたお茶を飲み終えていた。早雲宗匠は茶碗の飲み口を親指と人差し指で軽くなぞり、掌の上で茶碗を二度回すと、それを畳の上に静かに置く。

俺が見た涼のお点前は完璧だった。でもそれは、あくまでも素人の感想。その道を究めた人物の目にはどう映ったのだろう。

「早雲先生、海道さんが点てたお茶はいかがでしたか？」

そう聞いた伯母の声は、感情的な言葉で涼にプレッシャーを掛けていた人と本当に同一人物かと疑ってしまうほど抑揚がなかった。伯母は早雲宗匠の意見を聞く前から自分の負けを認めていたのかもしれない。しかし早雲宗匠の答えを聞くまで安心はできない。汗が滲んだ手を強く握り締めると、ようやく早雲宗匠が口を開く。

「結構な服加減で……美味しく頂戴いたしましたよ。点前も素晴らしかった」

その言葉を聞いた瞬間、一気に全身の力が抜け、安堵の息が漏れた。が、その直後、早雲宗匠が思いもよらぬことを言ったのだ。

「涼葉ちゃん、元気そうで何より」

涼葉……ちゃん？

「はい、早雲先生もお元気そうで安心しました」

ちょっと待ってくれ。ふたりは顔見知りなのか？

まるで旧友と再会したようなふたりの和やかな会話に俺と伯父、そして伯母が呆気にとられ絶句する。

「実を言うと、今日ここに来るのをギリギリまで迷っていたのですよ。ある女性がお茶を点てるので、朝日家次期当主の妻に相応しいか意見を聞かせて欲しいと言われていましたからね。私はそういう面倒なことには関わりたくない。しかし朝日家とは長い付き合いなので仕方なく伺ったのですが、まさか、その女性が涼葉ちゃんだったとは……」

「私も先生にお会いできるとは思っていなかったので嬉しいです」

再会を喜ぶふたりの会話を遮ったのは、戸惑いの表情をした伯母だった。

「あ、あの……早雲先生、海道さんとはどのような関係なのですか？」

「涼葉ちゃんは私の教え子ですよ。彼女が通っていた大学で私は茶道を教えていましてね、涼葉ちゃんはとても優秀な学生でした。卒業後は私の弟子にならないかと誘ったのですが、あっさり断られてしまいました。ですから彼女の実力はお茶を点てる前から分かっていましたよ」

俺はすっかり忘れていた。涼が通っていたのは日本でも有数のお嬢様学校だったということを。一般的な学問より倫理や哲学、そして芸術などの学びが重視され、人格形成や社交的なスキルの習得が最優先事項。当然、華道や茶道は必須科目だ。

あっ、そうか。だから華道も……大学の授業で家元から指導を受けていたのか。

「そして涼葉ちゃんは、私が腹を割って話せる数少ない友人のひとり」

「えぇっ！　早雲先生と海道さんが、友人？」

伯母が素っ頓狂な声を上げるも早雲宗匠は動じることなく真顔で言う。

「私は戦国時代、涼葉ちゃんは平安時代から続く血の因果に苦しんできた。その辛さは当事者でないと分からない。私と涼葉ちゃんは同じ縛りを持つ同志なんですよ」

早雲宗匠は幼い頃から絵を描くのが好きで、将来は画家になりたいと思っていたそうだ。しかし流派の嫡男である早雲宗匠は家元になるべく厳しく育てられ、そんな夢を口にすることすら許されなかった。

「一度、涼葉ちゃんを家に招いてお茶を振る舞ったことがありましてね。その時、自分は平家の子孫なので血を絶やさぬよう婿養子を取って家を継げと言われていると聞いて、私と同じだと思いました。その流れで涼葉ちゃんに今まで誰にも言わなかった自分の夢を語ったんです」

それからすぐ、早雲宗匠の父である家元が亡くなり、早雲宗匠が流派を継ぐことになる。しかし家元になれば多忙になり、筆を持つことも難しくなる。もう呑気に絵など描いていられなくなるだろう。そしてこんな自分が家元になることは茶道を愚弄することにならないか……。悩んだ末、早雲宗匠は夢を選んだ。

「もうこの歳ですからね、今更画家になろうなんて思っていません。ただ、好きな絵を描き続けていきたかった。些細な夢です」

しかし早雲宗匠の周りの人々は家元を弟に譲ったことを身勝手だと激しく非難した。

「ひとりを除いては……涼葉ちゃんだけは私の勇気を称えてくれて、その些細な夢を素敵だと言ってくれたんです。あの時は嬉しかった。本当に嬉しかった。ですから同志の涼葉ちゃんも幸せになってもらいたいとずっと思っていました」

その言葉を聞いた涼の瞳から涙が零れ落ちる。

「早雲先生がそんな風に思ってくださっていたなんて……」

「涼葉ちゃん、君の幸せは何かな？」

早雲宗匠が優しい声で問うと、涼が声を震わせ言う。

「私の幸せは……朝日愁矢さんと結婚することです」

すると、突然立ち上がった伯父が腕時計を確認しながら「そろそろ昼だね」と呟く。

そして、ここに居る全員で昼食を食べようと言い出した。

確かにもうすぐ十二時になるが、明らかに不自然な発言で違和感が半端ない。

涼が早雲宗匠の前で結婚という言葉を口にしたので話をはぐらかそうとしているのかと疑ったのだが……。

「皆でゆっくり食事をしながら、愁矢と海道君の結婚式の日取りを決めようじゃないか。もちろん、海道君のご両親もお呼びして」

あまりにも唐突に、そしてあっさりそう言ったので、すぐには反応できなかった。

すると涼が大声で俺の名を呼ぶ。

「愁矢ぁーっ！」

その声ではたと我に返ると、涼が凄い勢いで俺の胸に飛び込んできた。

「社長が……結婚式の日取りを決めようって」

涙で光る涼の綺麗な瞳を見た瞬間、喜びが込み上げてきて華奢な身体を力一杯抱き締める。

「ああ、俺も聞いた。涼の頑張りのお陰だ」

本当に心の底からそう思うよ。君のお陰で俺は伯父と縁を切らずに済んだんだ。

「もう何があっても涼を放さない」

いや、この言葉だけでは足りない。この愛を、狂おしいほどのこの想いを、俺はどうやって涼に伝えればいいんだろう。だが、その気持ちを伝える前にひとつだけ文句を言ってもいいか？

「華道も茶道も多少経験があるってレベルじゃないだろ？　どうして本当のことを言わなかった？」

本当の実力が分かっていたら、こんなに心配しないで済んだのに。

「だって、大学を卒業してから一度もお花を生けてなかったし、お茶も点ててなかったから自信がなくて……ごめんね」

「ダメだ。後でお仕置きだな」

「えっ？　お仕置き？」

俺の腕の中で涼の小さな身体がビクンと震えた。

今夜はたっぷりイジメてやる。覚悟しとけよ……涼。


神聖なる礼拝堂の扉がゆっくり開くと、裾が大きく広がったプリンセスタイプのウエディングドレスを身に纏った花嫁とタキシード姿の男性が姿を現す。花嫁のドレスは上品な総レース仕上げ。オフショルダーの胸元全体に鏤められたパールとクリアビーズが夜空の星のように煌めいている。その姿はまるで純白の花びらに包まれた天使のよう。あまりの美しさに思わず見惚れてしまい詠嘆の息が漏れた。

ああ……綺麗だ。

祭壇の前に立つ俺が微笑むと、ベールの向こうの桜色の唇が緩く弧を描く。

今日、俺はこの可憐な花嫁と永遠の愛を誓い、夫婦となる。

涼とふたりで朝日家を訪れてから三ヶ月が経った六月。ソレイユ物産と取引のある都内の高級ホテルのチャペルで俺達の結婚式が行われた。

涼、早く俺のところに来てくれ。

ふたりが足を踏み出すと厳粛な雰囲気のチャペル内に重厚なパイプオルガンの音が響き渡る。楽曲は【G線上のアリア】。涼がバージンロードを歩く時はこの曲がいいと言うので、てっきり涼が好きでチョイスしたのだと思っていたのだが、後に大将のお気に入りの曲だということが分かる。涼は、せめてもの親孝行だと言って笑っていた。実は、俺にとってもG線上のアリアは思い出の曲。亡き母が唯一持っていたCDがこの曲で、夜寝る時によく聴いていた。

母さん、見てくれているか？　俺の自慢の妻を。あなたの娘になる涼を。

ふたりは歩幅を合わせ、一歩、また一歩と祭壇に近づいて来る。

この瞬間をどんなに待ちわびていたことか。八年越しの結婚式……いや、もうすぐ九年になるな。長かったな。涼。すれ違い、離れ、そして再び出会い、俺達はまた夫婦になる。俺は子供の頃から自分はなんのために生まれてきたのだろうと思っていたが、その理由が今やっと分かったような気がする。俺は、涼を愛するために生まれてきた。そして涼は、俺に愛されるために生まれてきたんだ。

大将の腕から離れた涼の手が俺の腕に回されると、大将の赤く充血した目から一筋の涙が零れ落ちる。

「愁矢、涼葉を頼んだぞ」

「はい」

大将、またあなたの息子になれます。それが何より嬉しい。九年前の俺は不甲斐ない息子で、あなた達の大切な宝物、娘の涼を傷付け海道の家を出てしまった。そんな恩を仇で返したような俺をあなた達は再び受け入れ、家族になること許してくれた。あの頃に比べたら俺も少しは大人になったと思います。だからもう二度と、大将や女将さんを悲しませるようなことはしません。

健やかなる時も病める時も、悲しみ深き時も喜びに充ちた時も、そして富める時も貧しき時も……涼を慈しみ、愛することを誓います。

その愛を象徴するシルバーのペアリングを手にし、ベール越しにはにかむ涼を見つめる。

この指輪は以前と同様、女将さんが俺達にプレゼントしてくれたものだ。

『これで最後にしてもらわないと……次は自分で買ってね』

縁起でもないことを遠慮なく平然と言うところが女将さんらしい。

女将さん、俺もこれが最後じゃないと困ります。

心の中でそう呟きながら涼の左手を取り、白く細い指に指輪を滑らせた。

「頼むから、もう捨てないでくれよ」

「なっ、愁矢まで……イジワル」

指輪を川に投げ捨てた前科がある涼が不機嫌そうな顔をする。でも、誤解しないでくれ。君を責めているわけじゃない。そうさせたのは俺なんだから。辛い思いをさせた分、今度こそ全力で涼を幸せにする。だから何があってももうこの愛の証を外さないでくれ。君はこの世でただひとり、命を懸け守ると決めた最愛の妻なのだから。

「――では、誓いのキスを……」

その言葉に頷き、ベールアップをして紅潮した頬にそっと手を添えた。

重なった唇はとても柔らかく温かい。この唇の感触を俺は生涯忘れないだろう。そして美しい讃美歌の歌声と列席者の優しい拍手も。

神父様に促され誓約書にサインをすると、さっき涼が大将と腕を組み歩いてきたバージンロードを今度は俺がエスコートして歩き出す。列席者からの祝福の言葉と目の前を舞うフラワーシャワーが涼を笑顔にし、その太陽のような眩しい笑顔が俺の胸を熱くした。

多くの人達に祝福され結婚するということが、これほど嬉しく幸せなことだったとは……涼が言った通りだ。もし伯父夫婦の反対を押し切って結婚していたら、こんな清々しい気持ちでバージンロードを歩けなかっただろう。

そんな幸せの中に居ても、ひとつだけ気掛かりなことがあった。大学時代の友人だという璃子さんと美晴さんは招待していたのに、同じ友人であるフェイムコーポレーションの社長の妻、相馬麗奈さんの姿がなかったからだ。

結婚式の招待客リストを確認した時に彼女の名前がないことに気づき、涼に麗奈さんを招待しないのかと聞くと意外な答えが返ってきた。

『麗奈は友達じゃないから……』

『友達だから助けたんじゃないのか？』

涼が必死の思いで企画を通し、フェイムコーポレーションはソレイユ物産から融資を受けることが決まった。融資が決まるまでの経緯を知った相馬社長が涼に直接会ってお礼が言いたいと麗奈さんを伴い会社にやって来たのだが、涼は仕事中だという理由で面会を拒否する。その後、何度も涼に会いたいと相馬社長から連絡があったが涼は断り続けてふたりに会おうとしなかった。

『あの企画は麗奈のためじゃない。愁矢に婚約指輪をもらった記念のレストランがなくなるのがイヤだったから』

らしくないな……。

涼の言葉に違和感を覚えたが新婦側の招待客は涼が決めること。それ以上追及はしなかったが、ずっと気になっていた。その理由が明らかになったのは、俺達がチャペルを出て観音開きの大きな扉が閉まった時。

「涼葉さん、ご結婚、おめでとうございます」

チャペルの外に居たのは、大きな薔薇の花束を抱えた麗奈さんと相馬社長。

「どうして……」

涼が困惑の表情を見せるも、麗奈さんは満面の笑みで花束を差し出す。

「涼葉さん、フェイムコーポレーションを救ってくれて有難う」

「違う。救ってなんかない。お礼なんて言わないで」

その言葉でようやく涼の本当の気持ちが分かったような気がした。融資が決定した後、ソレイユ物産はフェイムコーポレーションに対してひとつだけ条件を出した。それは、社長を含む経営陣の退陣。涼はフェイムコーポレーションを救えたが、一番助けたかった麗奈さん夫婦を救えなかった。そのことがショックでふたりに会えなかったのだ。

「主人がね、麗奈はいい友達が居て幸せだねって言ってくれたのよ。その言葉で目が覚めたの」

麗奈さんは今まで自己中心的で、自分に何か不都合なことがあってもきっと誰かが助けてくれると思っていたそうだ。なので、フェイムコーポレーションが経営不振に陥ったと相馬社長から聞かされた時も楽観視していた。しかし実家が経営している会社も負債を抱えていて援助は難しいと分かり、頼った学生時代の友人達にも資金提供を悉く断られてしまう。

「あんなに仲がよかった璃子さんや美晴さんにも断られてしまってね……」

麗奈さんが寂しそうに視線を落とすと、相馬社長がそっと彼女の背に手を添えた。

「頼みの綱だったソレイユ物産にも子会社化を断られてしまい、倒産は秒読み状態でした。それでも妻は今の生活水準は落としたくないと言いましてね。もう妻との結婚生活は続けられないと思っていました」

そんな時、事情を知った沖縄で飲食店を経営している大学時代の先輩から、新たに店をオープンするのでその店の店長をやってみないかと連絡がきた。

「とても有難い話でしたが、迷いました。フェイムコーポレーションの社員を路頭に迷わせて自分は沖縄に逃げるのかと……せめて社員全員の次の就職先が決まるまで東京に留まるべきではと考えていたところにソレイユ物産から願ってもないお話をいただいて、それが涼葉さんの提案だと知り、妻に伝えると急に泣き出しまして」

「こんなことを言っては失礼だけど、涼葉さんのこと、ずっと私の引き立て役くらいにしか思っていなかったの。だから沢山嫌味を言ってバカにしてきた。でも、最後に私を助けてくれたのは、見下していた涼葉さんだった。生まれて初めて知ったの。後悔と感謝の気持ちを……涼葉さん、今まで本当にごめんなさい。そして有難う」

「でも、旦那さんはフェイムコーポレーションに残れなかった」

「いいの。主人が望んでいたのは会社が存続して社員の人達が職を失わずに済むこと。私、主人と一緒に沖縄に行くことにしたの。今回のことで何が大切かよく分かったから。涼葉さんはフェイムコーポレーションだけじゃなく、私達夫婦の危機も救ってくれたのよ」

麗奈さんは吹っ切れたような清々しい笑顔だった。相馬夫婦が仲睦まじく腕を組み去って行った後、涼が薔薇の花束を抱き締め、ようやく微笑む。

「麗奈を式に招待すればよかった」

涼は、人生のどん底に居る麗奈さんに自分の幸せな姿を見せるのは酷だと思い、結婚式に呼ばなかったのだと本音を吐露する。

「涼は優しいな」

「そんなことないよ。今でも麗奈にされた嫌がらせや、言われた嫌味覚えてるもん」

「でも、麗奈さんは涼に感謝して友達だと思っている」

「友達か……」

素っ気なくそう呟くも、涼の顔は嬉しそうに綻んでいた。

第八章　愛の結晶

――一年半後。

愁矢との新婚生活は充実していて、とても幸せ。

今日の夕食は、愁矢が出勤前に食べたいと言っていたビーフシチュー。自分でも美味しくできたなと思いながらほろほろの大きな牛肉を頬張ると、愁矢が私の唇の端を親指で軽くなぞってくすりと笑う。

「口の横にビーフシチューが付いていてたぞ。ったく、涼は子供だな」

呆れたように言うが、親指をペロッと舐めると妙に色っぽい目で私を凝視した。

「そんな子供に俺は毎晩、発情してるんだけどな」

焦げるような熱い眼差しでそんなことを言われたらこっちが照れてしまう。

「もう！　からかわないで！」

「本当のことだから仕方ない。今もビーフシチューより、涼を食べたいと思ってる」

「なっ、そういうことは今じゃなく、ベッドに入ってから言って。食事が喉を通らなくなる」

「そうか……じゃあ、話題を変えよう。今日は何してたんだ?」

私達は夕食時に今日あった出来事を報告し合うのが日課になっていた。

「あ、今日は、いつも通りだよ。お弁当作り頑張ってきた」

もう私はソレイユ物産の社員ではない。結婚して二ヶ月ほど経った頃、フェイムコーポレーションへの融資が開始されたのを見届けて会社を退職した。本当は仕事を続けたかったけれど、常務の妻が一般社員として働いていると周りの人が気を使って仕事に支障が出るのではと心配になったのと、実家の父親の仕事を手伝いたかったので潔く退職願を提出した。

父親の手の具合はだいぶよくなり、医師にも問題はないと言われているが、居酒屋はまだ再開できずにいる。今も母親とふたり、予約を受けた仕出し弁当作りでなんとか収入を得ている状態だ。でも最近は、その仕出し弁当が美味しいと評判になり注文が増えてきた。有難いことだけど、そうなると両親ふたりではさばききれなくなる。かと言って、アルバイトを頼む余裕はない。なので、愁矢を会社に送り出した後、私が実家に行って三時間ほどお弁当作りを手伝っているのだ。もちろん愁矢も私が実家に行くことを賛成してくれているし、土曜日は彼も一緒に実家に行ってお弁当作りを手伝ってくれている。

「愁矢は？　今日は何か変わったことあった？」

「変わったことか……あ、そうそう、結局、永山達の結婚式は延期になったようだ」

「うん、私もお昼に蓮沼さんから電話があって聞いた」

蓮沼さんと愁矢の秘書の永山さんは半年前に結婚式を挙げるはずだったが、直前に蓮沼さんの妊娠が判明し、悪阻が酷くて式を今月末に延期していた。だけど、悪阻が治まったと思ったら今度は貧血で倒れてしまったのだ。で、会社は暫く休職。挙式も再び延期になった。

「そんな状態で無理して結婚式をする必要はないからな。子供が生まれて落ち着いてから改めて式を挙げればいい」

「そうだね。今は蓮沼さんの体調を一番に考えないと」

「ああ、その時は俺達に仲人を頼むって言ってたよ」

「永山さんったら、まだそんなこと言ってるの？　私、仲人なんて無理だからね」

笑顔でそう言うも、私の心は乱れていた。

仲人を頼まれたからじゃない。今日のお昼過ぎ、蓮沼さんから電話が掛かってくる前にお義父さんから電話があり、その時に言われた言葉が鋭い棘となって、まだ私の心に深く突き刺さっている。

『結婚してもうすぐ一年半になる。新婚気分も抜けた頃だろ？　そろそろ孫の顔を見せてくれないか？』

結婚すれば子供ができる。それは自然な流れで当たり前のこと。お義父さんもそう思ったから急かすようなことを言ったのだろう。でも、私と愁矢は新婚気分を味わいたいから妊娠を避けていたわけじゃない。結婚当初から子供が欲しくて一切、避妊はしていなかった。なのに、子供ができなかったのだ。

不妊の定義は、妊娠を望んでいる男女が定期的に性生活を送っているにもかかわらず、一年経っても妊娠しないこと。私達夫婦はその定義に当てはまる。心配になった私は結婚して一年経った半年前に婦人科の診察を受けた。

不妊は女性だけの問題ではないということは知っている。でも、十代の頃から生理不順に悩まされていたので原因は私なのではと疑ったのだ。

最近まで不妊について真剣に考えたことなどなかった私がそのことを気にするようになったのは、蓮沼さんの妊娠を知り、なぜ私には赤ちゃんができないんだろうと思ったのがきっかけだった。だけど、病院に行くことを愁矢には言えなくて……愁矢のことだ。私が診察を受けると言えば、自分も一緒に行くと言うに決まっている。仕事が忙しい彼に負担を掛けたくなかったし、わざわざ心配させるようなことは言いたくなかった。

きっと大丈夫。たまたまタイミングが悪くて妊娠しなかっただけ。

しかし検査の結果、医師に告げられたのは〝多嚢胞性卵巣症候群〟という聞いたことのない病名だった。正確には、病名ではなく症状なのだそうだ。

体内に男性ホルモンが多くなると発症するらしく、卵胞の成長が止まってしまい排卵することなく卵巣の中に溜まってしまう状態をそう呼ぶのだと。もちろん治療法はある。経口排卵誘発剤や性腺刺激ホルモン剤の注射など。でもその前に子宮卵管造影剤検査を薦められた。

やっぱり原因は私だったんだ。この検査結果を愁矢に話さないと……。

最近はあまり言わなくなったけど、結婚当初は早く子供が欲しいと言っていた。私が不妊だと分かったら彼はどう思うだろう。正直、愁矢の反応が怖くて打ち明けるまで少し時間が掛かった。でも、愁矢はその事実を知ってもちっとも驚かなかった。それどころか、私の身体に負担になるような治療はしなくていいとまで言ってくれたのだ。彼は麗奈の件で私が優しいと言っていたけれど、優しいのは愁矢の方。両親も兄弟も居ない彼が血の繋がった子供が欲しくないわけがない。誰よりも我が子の誕生を楽しみにしていたはず。

愁矢に血を分けた我が子を抱かせてあげたい――その一心で私は治療を決意した。

でも、子宮卵管造影剤検査は想像以上に辛く、強烈な痛みに心が折れそうになる。

そしてその検査の後、残酷な現実が突き付けられた。

『両方の卵管に閉塞が見られますね。完全に詰まっているというわけではありませんが、この状態では自然妊娠は難しいでしょう』

その後も医師の話は続いていたけど、ショックで呆然としている私の耳にその言葉は全く入ってこない。

どうしよう。愁矢になんて言えばいい？

自宅マンションに帰っても頭の中は真っ白で、リビングの大きな窓にもたれ掛かり、ぼんやり外の景色を眺めていた。でもそれは、ただ目に映っているだけで意識して見ていたわけではない。だから夜の帳が下り、眼下の街に明かりが灯り始めたことに気づかなかった。

『涼、こんな真っ暗な部屋で、どうした？』

愁矢の驚いた声と共にリビングの照明が点く。煌々とした明かりに照らされ彼と目が合った瞬間、色んな感情が大波のように押し寄せてきて、耐えられなくなった私は声を上げて泣き崩れてしまった。

『私、このままじゃ妊娠できないって。愁矢の赤ちゃん産めないって』

駆け寄って来た愁矢がビジネスバッグを放り投げ、自分の胸に私を引き寄せる。

『それがなんだ？　俺は涼が居てくれれば、それでいい』

『嘘！　そんなはずない。愁矢だって子供が欲しいって言ってたじゃない』

『それは、自然に授かればと思っていただけで、どうしてもということじゃない』

『でも、周りの人達も赤ちゃんができるのを期待してる。私達だけの問題じゃない』

お義父さんからの『孫はまだか？』攻撃は今に始まったことではない。不妊を疑い出した頃からずっと続いていた。

愁矢は私を抱き締めたまま、低い声で『伯父か？』と呟く。

私は知らなかったけど、愁矢も会社でしょっちゅうお義父さんに呼び出され、子供はまだかと催促されていたらしい。

『伯父のことは気にしなくていい。子供のことは俺達夫婦で決めること。余計な口出しはしないでくれと言っておいた』

『でも……』

『不妊治療は辛いと聞いたことがある。いいか、俺のためとか、伯父のためとか、そんな風に考えるのだけはやめてくれ。子供を産むのは涼なんだ。涼自身の気持ちで決めて欲しい。それでも君がどうしても子供が欲しいと言うのなら、治療を始めよう。俺も全力でフォローする』

有難う。愁矢……でもね、もう答えは出てるの。

『私、愁矢の子供が欲しい。どうしても欲しいの』

翌週から不妊治療が始まった。まず、卵管の詰まりを通すための卵管鏡下卵管形成術を受ける。カテーテルに内蔵されているバルーンで狭くなっている部分を押し広げる手術だ。それが終わると多嚢胞性卵巣症候群の治療に移る。

排卵誘発剤を内服して排卵を促すというものなのだが、私の場合、内服薬では排卵が確認できず、HCG注射を打つことになった。でも、治療の途中で卵巣が腫れて吐き気や腹痛などの症状が現れる。それは安静にすることで事なきを得たが、肉体的にも精神的にも辛い日々。今は様子を見ながら引き続き治療を受けている。

愁矢はそんな私を気遣ってくれて、超音波検査の時は病院に付き添ってくれる。仕事があるから私ひとりで大丈夫だと言ってもスケジュールの調整をして必ず一緒に病院に行ってくれるのだ。それが心苦しくて……。

『ねえ、愁矢、次からはもう付き添いはいいよ』

隣の運転席でハンドルを握る愁矢が呆れ顔でため息をつく。

『涼はまだ俺のことが分かってないようだな。俺が一番大事なのは会社でも仕事でもない。涼、君なんだよ。仕事の方は永山に言って診察のある時間は重要な会議やアポは入れないよう指示してあるから業務に支障はない』

本当は排卵誘発剤の注射を打つ時も一緒に行きたいくらいだと苦笑する。

『無理してない？』

『ああ、一応、これでも常務なんでね。ある程度の融通はきく。俺が仕事に合わせるんじゃない。仕事が俺に合わせるんだ……と言えば、納得してくれるか？』

そう言って私の罪悪感を軽減させようとしてくれている愁矢は、やっぱり優しい人。

『それに、俺も医者の説明を聞いて涼の身体の状態を把握しておきたい。涼の説明だけじゃあ、いまいち不安だからな』

『心配性だね、愁矢は』

『涼限定でな』

本当はね、愁矢が傍に居てくれるから頑張れてるんだよ。ひとりじゃないと思うと凄く心強い。だけど、治療を始めて半年経っても結果が出ない。実は、前回の検診で体外受精を薦められた。体外受精となれば、彼も治療に加わることになり、今より負担が増す。蓮沼さんが永山さんに聞いた話では、愁矢は今、社運を懸けた大きなプロジェクトを始動させたばかりで重要な時期なのだと。そんな時にプライベートで余計なストレスを掛けたくない。だから体外受精のことはまだ愁矢には話していなかった。

「ご馳走様。美味かったよ。ビーフシチュー」

「うん、また作るね」

私が食器を持って立ち上がると、愁矢も同じように立ち上がる。

「手伝うよ」

「いい。仕事で疲れてるでしょ？　リビングでゆっくりしてて」

毎日のように繰り返されるこの会話。愁矢はどんなに疲れていても私が動いている間はソファに座ろうとしない。ふたりの方が早く終わるからと一緒に食事の後片づけをしてくれるのだ。それはとっても有難いのだけど、私が洗い物をしている最中に後ろから腰に手を回し、無理やり頬擦りをしてくるのはちょっと邪魔……かな。でも、それが嬉しかったりする。

幸せだな。ここに私達の子供が居たら、もっと幸せなのかな。

「明日は病院に行く日だったな。いつも通り三時に迎えに来るから」

「うん、分かった。有難う」

笑顔で答えたが、いつまでも甘えていてはいけないと思う。

一日でも早く治療が終わることを願いつつ、心の中でまだ見ぬ我が子に呼び掛けた。

待ってるからね。パパとママに会いに来て。


――二週間後。

寝室の灯りを落としてベッドに入ると、愁矢が珍しく大きなため息をつく。

今週になってから愁矢の帰りが遅く、疲れているようで元気がない。今日は久しぶりに早く帰って来たので夕食を共にしたが、いつもより口数が少なくて食欲もないようだった。

実は、今日は排卵予定日。愁矢には数日前に伝えてあったけど、多忙で忘れているかもしれない。言うべきか言わざるべきか……どうしようか迷ったが、彼の疲れた顔を見ていると躊躇してしまい言い出せなかった。

無理強いはしたくない。今回は諦めよう。

「体調悪いんじゃない？　大丈夫？」

心配になり声を掛けると閉じていた瞼が開き、ゆっくり私の方に顔を向ける。

「少し疲れてるだけだ。大丈夫だよ」

「だったらいいけど。あまり無理しないでね」

頷き微笑んだ愁矢だったが、言ったそばから「明日は遅くなるから夕飯はいらない」と……。

「また接待？　最近多いね。年末が近いから？」

「そんなところだ。俺はゴルフをしないからな。接待はどうしても会食になる。悪いな」

私としては、仕事で遅くなるのだからそのことに関してはなんの不満もない。だけど心配性の愁矢は、私がひとりで寂しい思いをしているのではと気にしているようだった。

「私は平気だよ。気にしないで」

そう言った後であることを思い出し、少し身体を起こして彼の顔を覗き見る。

「じゃあ、私も明日、出かけようかな」

三日前に蓮沼さんから電話があり、貧血が改善して仕事復帰したからたまには一緒にご飯を食べようと誘われていたのだ。

「構わないよ。行っておいで」

普段と変わらない愁矢の優しい笑顔に安堵するも、なぜかその手は私のパジャマのボタンを外している。

「疲れてるんじゃないの？」

「ああ、疲れてるよ。でも、涼に触れたら発情してきた」

その言葉通り、私を見つめる愁矢の涼やかな切れ長の目が肉食獣のような猛々しい雄の目に変わっていた。愁矢は私のパジャマを投げ捨てると強引に唇を奪う。荒々しく舐られ、舌を吸われ、激しく淫らに口腔内をかき乱す。

これで感じるなと言う方が無理だ。刺激的なキスに反応した私の身体が熱を持ち、愁矢の大きな手で鷲掴みされた胸がドクドクと大きな音を立てる。

「ほら、涼も発情してきた。俺が欲しいんだろ？」

「そ、そんなこと……」

恥ずかしくて否定しようとしたけれど、全身に鏤められた官能的なキスと甘美な愛撫で完全に堕とされてしまった。

「続きは？　そんなこと……ない？」

「んんっ……ある」

「ふふっ、素直ないい娘だ」

満足そうに微笑んだ愁矢の背中を抱き締めた時、ふと思う。

愁矢は覚えていたのかもしれない。今日が排卵日だということを。だから今日は早く帰って来た?

決められた日の決められた時間に交わるということは、決して簡単なことじゃない。こんなにも厳格にスケジュールを組まなければならないということが、愁矢にどれほどのストレスを与えているか……想像するだけで辛い。

本来、男女の営みは強制されるものではなく、それぞれの心と身体が調和し、自然な流れで結びつくもの。でも不妊治療はそんな甘いものではない。その時の体調や感情を無視して進めなければならないのだ。ややもすれば行為自体が義務のように感じられ、私達の愛がただの作業になってしまうのではと不安になることもあった。でも、愁矢は違った。彼はいつもたっぷりの愛情で私を包み、極上の高みへと導いてくれる。愛されていると実感できるのだ。その深い愛が私の心を温かく満たし、希望と勇気を与えてくれる。

有難う……愁矢。大好きだよ。

快感に溺れた私と愁矢の甘い情事は深夜まで続き、十分に満たされた私は気を失うように眠りにつく。

そんな幸せな時を過ごした翌日の夕方、私は久しぶりにソレイユ物産に向かった。蓮沼さんとの待ち合わせ場所をソレイユ物産の一階エントランスに決めたのは、寒い屋外で待ち合わせをするのを避けたかったから。

妊娠中の蓮沼さんに負担を掛けたくない。それに、久しぶりに以前勤めていた職場を覗いてみたくなったのだ。

最寄り駅の改札を出ると、仕事帰りに蓮沼さんとよく行ったカフェやパスタの店が視界に入り、懐かしくてキョロキョロしながら歩き出す。そしてソレイユ物産の本社ビルまで後少しというところで、ビルの前の路肩に黒塗りの車が止まるのが見えた。

「あのナンバーは、愁矢の……今から接待なのかな？」

偶然会えたことが嬉しくて、愁矢に一言声を掛けようと走り出すも、社用車に近づいて行く女性に気づいて足が止まる。

ミディアムボブの柔らかそうな髪をなびかせ、足早に歩いて行く長身の女性。歳は二十代後半だろうか。

すると、後部座席のドアが開いて険しい表情の愁矢が車から降りてきた。私は咄嗟に植栽の陰に身を隠し、ふたりの様子を覗き見る。

なぜ隠れたのか自分でもよく分からない。ただ、なんとなくそうした方がいいような気がして……。

「会社には来ないという約束だったのに、すみません」

女性は弱々しい声で詫びると肩を落として項垂れた。

「いや、気にしなくていい。それより、さっき電話で言っていたことだが……」

「夫に知られてしまいました。怒った夫が暴れ出したので、怖くなって隙を見て家を出てきたんです。私、どうしたらいいですか？」

女性が切羽詰まった様子で愁矢に縋りつく。抱き留めた愁矢も当惑しているように見えた。

「それはマズいな。とにかく乗って」

ふたりが乗った社用車が走り出すと私はよろよろと立ち上がり、混乱した頭で必死に考える。

会社には来ない約束……夫に知られた……それはマズい。まさか、それって……。

愁矢に限ってそんなことは絶対にあり得ないと何度も疑惑を打ち消すも、あの一分にも満たない短い会話が私の心をかき乱す。その時、背後から蓮沼さんの声が聞こえた。

「あれ？　もう来てたの？」

振り返ると婚約者の永山さんも一緒だった。

「涼葉さん、元気だった？　結婚式以来だね」

覇気のない声。いつも明るい永山さんが珍しく元気がない。彼は浅く笑うと車道の方に目をやる。

「朝日常務も今帰ったとこだけど、会わなかった？」

愁矢の名前が出た途端、胸に鈍い痛みが走る。

「永山さん、愁矢は今日、接待の会食があるんですよね？」

「接待の会食？　いや、今週は夜の会食の予定は入ってないよ」

「じゃあ、この一週間、毎晩愁矢の帰りが遅かったのは接待じゃなかったの？」

私の発言を聞き、蓮沼さんが隣の永山さんの肩を指でツンツンしながら言う。

「陸斗君の勘違いじゃないの？」

「そんなことない。間違いないって」

永山さんは自分のビジネスバッグからタブレットを取り出すとディスプレイを私の方に向ける。

「ほら、これ見て。朝日常務のスケジュールなんだけど、今週はずっと定時退社になってるでしょ？」

確かに定時以降のスケジュールは真っ白で会食の予定は入ってない。ということは、愁矢は嘘をついていたということになる。

だったら、彼は毎晩、どこに行ってたの？

さっきの光景が脳裏を過り、愁矢への疑念が深まっていく。

「本当のことを言うと、蓮沼さん達が来る前に愁矢を見かけたの」

見たままを話してふたりにどう思うか問うと、永山さんが視線を落とし「やっぱり」と呟いた。

「実は、僕も朝日常務のことで気になっていることがあって……」

そこまで言うと永山さんは口を噤み、私達の横を通り過ぎて行くソレイユ物産の社員の姿を目で追う。

「ここじゃ、ちょっと……場所を変えよう」

向かったのは、蓮沼さんが予約をしてくれていた会社近くの中華料理店。店の奥にある個室に案内された私達は丸い回転テーブルを囲み席に着く。

「永山さんが気になっていること、聞かせてください」

なるべく冷静にと意識して口を開いたが、その声は掠れ、震えていた。

「今週の月曜日、僕がランチから戻ると常務室にソレイユ物産の顧問弁護士が来ていて……」

秘書の永山さんが普段業務を行っている場所は常務室の手前にある前室。愁矢が居る執務室とは目隠し程度の仕切りがあるだけなので、よほど小さな声で話さない限り会話は聞こえてくる。

「顧問弁護士を呼ぶということは、何か問題があったってこと。気になって聞き耳を立てていたら、朝日常務が『離婚の方向で進めて欲しい』って言ったんだ」

「えっ、離婚?」

イヤな予感はしていた。でも、まさか離婚なんて言葉が出てくるとは思ってもいなかった。

「朝日常務は本当にそんなこと言ったの?」

蓮沼さんも驚いたのだろう。激しく狼狽し、永山さんに向かって強い口調で言う。

だが、永山さんも一歩も引かない。

「本当だって。で、弁護士が『奥様はこのことをご存じなのですか?』って聞いたら、常務が『近いうちに話すつもりだ』って」

一瞬呼吸が止まり、全身がガタガタ震えた。

私のことをあんなに大切にしてくれている愁矢が……離婚を考えてる?

にわかには信じられず愕然とするも、縋りついてきた女性の背中に優しく手を添えた愁矢の姿を思い出し、あり得るかもと思ってしまった。

あの女性との会話は、愁矢との関係が夫にバレて修羅場になり、浮気相手の愁矢に助けを求めてきたって感じだった。

「今日も定時になる少し前に朝日常務のプライベート用のスマホに電話が掛かってきて、僕に席を外してくれって言ったんだ。電話を終えた後に慌てて帰って行ったから絶対に何かあるって思っていたんだよ」

永山さんの勘は当たっていたということか。

その後、永山さんは蓮沼さんから私とご飯を食べに行くことになったから一緒に行かないかと誘われたそうだ。しかしこの段階ではまだ、私に愁矢のことを言うつもりはなかったのだと。

「でも、涼葉さんの顔を見たら君を裏切ってる常務が許せなくなって……」

しかし蓮沼さんは、まだそうと決まったわけじゃないと怒鳴る。

そう、蓮沼さんが言うようにまだ決まったわけじゃない。でも、永山さんの話も無視できない。実際に私は愁矢とあの女性の意味深な会話を聞いてしまったのだから。

当惑して視線を下げた時、隣に座る蓮沼さんの丸く膨らんだ妊娠八ヶ月のお腹が視界に入る。

あっ、もしかして、愁矢はすぐにでも子供が欲しかったんじゃあ……。

彼は、不妊治療をするのも子供を産むのも私だから自分の意思で決めろと言った。そして不妊治療をすると決めた時も、赤ちゃんを授からなくても気にすることはない。私と生きていけたら幸せだと慰めてくれた。でも、本心は違っていたのかも……。

結婚してすぐふたりで話し合って避妊はしないと決めた時から、愁矢は一日も早く我が子を抱きたいと思っていたのかもしれない。なのに、一年経ってもその願いは叶わず、私の不妊が判明した。その事実を知って私は酷く落ち込んだけど、愁矢だって同じくらいショックだったはず。義父からも毎日のように孫を催促され、彼は私が思っていた以上にストレスを感じていたのかもしれない。だからそんな生活から逃げ出したくてあの女性と……もしそうなら、私に愁矢の浮気を責める資格なんてない。私は愁矢の優しさの裏にある苦しみや葛藤を知ろうともせず、彼に甘え過ぎていた。あの時と同じ。離婚した時と同じだ。

「ごめんなさい。私、帰ります」

言うより早く立ち上がり、個室を飛び出す。でも、愁矢と暮らす自宅マンションには帰れなかった。

「涼葉、こんな時間にどうしたの？」

母親が口をあんぐり開け、来るはずのない時間に現れた娘に困惑している。

「ごめん、今日一晩だけここに居させて」

愁矢とちゃんと向き合わなければと思っていたが、今愁矢の顔を見たら取り乱してしまいそうで、少し気持ちを落ち着かせる時間が欲しかった。

引き戸を後ろ手で閉めて歩き出すと、後ろから戸惑う母親の声が追いかけてくる。

「愁矢となんかあったの？」

笑顔で受け流そうとしたけれど、ダメだった。言葉より先に涙が頬を伝う。

「涼葉、泣いてるの？」

母親がそう言った直後、居間のドアが勢いよく開いて父親が飛び出してきた。

「どうした？　泣くほど辛いことがあったのか？　ちゃんと説明しろ！」

本当はこのまま二階の部屋に直行したかったけど、両親がそれを許さない。

母親に肩を抱かれ居間に入った後も私は涙のわけを話さなかった。しかし両親の心配そうな顔を見ると隠しきれなくて、渋々ここに来た理由をふたりに伝えた。

「まだ愁矢とは何も話してないの。だから本当に浮気しているかは分からないんだけど……」

「話さなくても分かる。それは、間違いなく浮気だろ！」

父親が声を荒らげると、愕然としていた母親が眉を寄せる。

「でもねぇ、あの子は涼葉と結婚したくて朝日の家を出るとまで言ったんだよ。そんな愁矢が結婚一年半で不倫だなんて、何かの間違いじゃあ……愁矢の話を聞いた方がいいんじゃない？」

だが、父親は話など聞く必要はないと力任せにこたつの天板を叩き、いきなり結論を出そうとする。

「涼葉……愁矢と別れて戻って来い」

「えっ？」

慌てたのは母親だ。

「ちょっと！　そんな簡単に戻って来いだなんて言わないで！」

しかし父親はその言葉を無視して私を凝視する。

「勘違いするなよ。涼葉に海道の家を継いで欲しいから言ってるんじゃない」

父親は口には出さなかったが、私に子供ができないことをずっと心配していたそうだ。朝日家は跡継ぎの誕生を強く望んでいる。このまま私に子供ができず跡継ぎが生まれなかったら間違いなく私への風当たりは強くなり、辛い思いをするのは目に見えている。

「大事な娘にそんな思いをさせたくない」

「お父さん……」

「今まで何も言わなかったのは、愁矢が涼葉を幸せにしてくれると思っていたからだ。なのに愁矢のヤツ、涼葉を裏切って他の女と……絶対許さん！」

父親の思いを知る母親はそれ以上反論しなかった。

「急ぐことない。この家でゆっくり考えて自分の気持ちが決まってから愁矢を呼んで話せばいい。愁矢にはワシが上手いこと言っといてやる」

父親の言葉に納得したわけではないけれど、私も母親同様、何も言えなかった。

お父さんも辛いんだよね。だって、お父さんは愁矢のことを本当の息子のように思っているから。愁矢だから源氏の末裔だと分かっても結婚を許してくれた。その愁矢と縁が切れてしまうのだから辛くないはずがない。

父親の胸の内を想像すると切なくて涙が溢れてくる。その時、トークアプリの着信音が響いた。もしやと思い確認すると、ディスプレイに表示されていた名前は――。

「愁矢だ……」

【涼、悪いが、俺が帰るまで起きていてくれ。大事な話があるんだ】

「大事な話……」

その一文を見て永山さんの言葉を思い出し、激しく動揺した。

まさか、本当に私と別れようと思ってるの？

指が震えて返信できないで居ると、父親が私の手からスマホを引き抜き、ディスプレイをタップする。

「あ、愁矢か？　ワシだ。涼葉が熱を出してな。ただの風邪だと思うがインフルエンザの可能性もある。ひとりにしておくのも心配だし、お前にうつすと悪いから家に連れて来た。暫くこっちで預かる」

父親は愁矢の返事も聞かず電話を切るとスマホの電源を落とした。

「これで分かったろ？　愁矢の気持ちが。あいつの思い通りにはさせん」

父親は離婚には賛成だったが、浮気をした愁矢の方から離婚を切り出すのは自分勝手過ぎると怒り心頭だ。そして私の気持ちが決まるまで愁矢とは話すなと言って、スマホを居間のチェストの引き出しに仕舞う。

普段の私なら、スマホを取り上げられたら激しく反発していただろう。でも今は何も考えられず、怒りも湧いてこない。

「愁矢が来るかもしれん。涼葉は二階に上がってろ」

父親の予想通り、一時間後に愁矢が訪ねて来たそうだ。私の具合を心配して会いたいって言ってたみたいだけど、父親が断って帰したと後から母親に聞いた。

逃げていてもなんの解決にもならない。そろそろはっきりさせないと……。

ようやくそう思えるようになった二日後の金曜日の午後。父親の目を盗んで居間のチェストの引き出しからスマホを取り出す。

スマホの電源を入れてみると、数十件の着信とトークアプリにも多くのメッセージが届いていて、私の身体を気遣う言葉が並んでいた。その優しさが今の私には辛過ぎてスクロールする指が何度も止まりそうになる。そして最後のメッセージに辿り着いた時、思わず「あっ」と声が漏れた。

愁矢の決意を感じるメッセージが届いていたのだ。

【涼、今日は君に頼みがある。大将と女将さん、そして伯父夫婦も交えて話がしたい。とても大事な話なんだ。体調がよくなったら連絡してくれ】

両家揃ったところで離婚の話をするのか……。

私が父親の言いつけを守り愁矢に連絡しなかったのは、少し時間を置けば、愁矢の気が変わって私とやり直そうと思ってくれるんじゃないかと期待していたから。でも、そんな願いはこのメッセージで完全に打ち砕かれてしまう。

愁矢、もう元には戻れないんだね。

両親と相談し、明日の午後一時、ウチで待っているとメッセージを送った。

緊張で一睡もできず朝を迎えた私は両親と店のカウンターに座り、ひたすらその時を待つ。すると約束の時間の少し前、店の引き戸が開いた。だが、入って来たのは朝日の両親ふたりだけ。愁矢の姿はなかった。

「お義父さん、お義母さん、お久しぶりです。今日はわざわざ来ていただいて有難うございます」

しかし義母は私の挨拶をスルーして開口一番、不満げに呟く。

「これはいったいどういうことなんですか？　昨夜、突然愁矢さんから電話があって、大切な話があるので明日の午後一時に海道さんの家に行って欲しいと言われましたね。主人はゴルフの予定が入っていたんですが、急遽キャンセルしたんですよ」

どうやら愁矢は、朝日の両親には詳しいことは何も話してないようだ。

「まあまあ、落ち着きなさい。両家揃ってということは、嬉しい報告なんだよ。例えば、跡継ぎができたとか……そうだよね？　涼葉さん」

相変わらずお義父さんは跡継ぎのことしか頭にないようだ。でも、子供を催促されるのは今日が最後。愁矢から離婚の申し出があれば、もうその言葉を聞かなくて済む。不妊治療もしなくていいんだ。

「あの、お義父さん……」

妊娠はしていないと言おうとしたのだが、テーブルの上に湯呑を置いた母親が私と義父の会話に割り込んでくる。

「それは、愁矢に聞いてください。こちらも愁矢に話があると言われているんですから」

母親が強気で返すと再び引き戸が開いた。

あっ、愁矢……。

もう私から気持ちが離れてしまったと分かっていても、やっぱり恋しくて、その広い胸に飛び込みたくなる。でも、愁矢の後に続いて店内に入ってきた人物の顔を見た瞬間、そんな想いはどこかに吹き飛んでしまった。

長身のミディアムボブの女性――どうして彼女を連れて来たの？　一言『離婚したい』そう言えば済むことじゃない。

愁矢の常識外れな行動に愕然とし、怒りを覚えた。

「涼、元気になったようだな。よかった」

微笑みながら近づいて来た愁矢の手を振り払い、彼を睨み付ける。

「よく言うよ！　心配なんてしてなかったくせに！」

「涼……？」

あり得ない仕打ちにショックを受け言葉が続かない。そんな私に代わり、父親が声を荒らげた。

「愁矢！　ワシはお前を見損なったぞ！　何があっても涼葉を幸せにすると言うから結婚を許したのに、涼葉が不妊だと分かったら浮気をして離婚だと？　そんなふざけたヤツはこっちから願い下げだ。とっとと出て行け！」

事情を知らない義父母がポカンとしている中、今度は母親が怒鳴る。

「お父さん、塩撒《ま》いてやって！」

「おう！」

慌てた愁矢が父親を羽交い絞めにし、困惑の表情で私を見た。

「浮気とか、離婚とか、何がどうなってんだ？」

それはこっちの台詞だよ。堂々と浮気相手を連れてきて、今更何言ってるの？

「愁矢がここに来たのは、お互いの両親を交えて離婚の話をするため。で、そこに居る女性と再婚するつもりなんでしょ？」

私の発言でようやくここに呼ばれた理由を知った義父母が驚愕の表情で固まり、両親は憎しみを込めた視線を愁矢に向けている。それぞれの感情が複雑に交錯し、場の空気は最悪だ。

「なるほどな。そういうことか」

愁矢は至って冷静に呟くと、ずっと下を向いたまま沈黙を守っていた女性の背中を押す。

「彼女の名前は、宮下絵麻《みやしたえま》。結婚する前の旧姓は瀬古だ」

瀬古？　愁矢と出会った時、彼の苗字は瀬古だった。

「愁矢と同じ苗字……」

「ああ、彼女は不倫相手なんかじゃない。俺の腹違いの妹だ。どんなに頑張っても結婚はできないよ」

これには全員が仰天して言葉を失った。誰も愁矢に妹が居ることを知らなかったからだ。

「実は、俺も最近まで自分に妹が居ることを知らなかったんだ」

二十日程前、仕事を終えた愁矢が会社の地下駐車場で社用車に乗ろうとした時のこと、見知らぬ男性に声を掛けられた。男は宮下と名乗り、愁矢の妹のことで話があると言う。自分には妹は居ない。相手にしない方がいいと判断した愁矢は車に乗り込み、警備室に不審者が居ると連絡しようとしたそうだ。だが、後部座席の窓を叩いた男がある人物の名前を口にしたことで状況が一変する。

「それは、俺と母を捨てた実の父の名前。宮下は実父が再婚した女性との間に生まれた娘の夫……ここに居る絵麻の夫だった」

愁矢はとりあえず話だけは聞いてみようと車を降りたのだが、いきなり資金援助を頼まれ困惑する。男は事業に失敗して多額の借金を抱えていて、返済のために自宅を売却しようと考えていたのだが、妻がどうしても自宅を手放したくない。自分には母親が違う兄がいるから相談してみてくれと言うので愁矢に会いに来たのだと。

「しかし、実在するのかも分からない妹のために二千万円用立ててくれと言われてもな……さすがに不審に思い、その場では返答を避けて帰ってもらった。そしてすぐに会社の顧問弁護士に事情を説明して、宮下が言ったことは本当か調べてもらったんだ」

結果、妹の存在が判明し、その妹の夫が宮下だということも事実だと分かる。しかし愁矢は、妹が居ると顧問弁護士に告げられてもなんの感動もなかった。寧ろ妹など居ない方がよかったと思ったそうだ。

「俺と母を捨てる原因になった不倫相手との間にできた子供だ。血の繋がった妹でも愛情など持てない。会いたいとも思わなかった」

そんな愁矢に心境の変化が現れたのは、弁護士から妹の生い立ちを聞いた時。愁矢の実父は妹とその母も捨てていた。妹が小学生の頃、実父が突然姿を消し、二年後に母が事故で亡くなってしまう。

「絵麻も施設で育ち、辛い人生を送ってきた。俺と同じだったんだよ。その話を聞いて、絵麻に会いたくなったんだ。だが、あの宮下はどうも信用できなくてね」

初対面で平然と金の無心をする宮下に不信感を抱いていた愁矢は弁護士に頼み、直接妹にコンタクトを取った。すると意外な事実が判明する。妹は愁矢という兄が居ることを知らなかったのだ。宮下が言っていたことは、借金があるということ以外全て嘘だった。また、宮下は全く働いておらず、借金は妹が昼と夜、仕事を掛け持ちしてなんとか返済している状態だった。

「それだけじゃない。宮下は絵麻が少しでも自分の意に反することをすると暴言を吐き、暴力をふるっていたんだ」

愁矢は憔悴した妹を見て助けなくてはと思ったそうだ。宮下に知られぬようこっそり妹に会い、何度も話し合いを重ねた結果、離婚の方向で動き出す。

愁矢の帰りが毎晩遅かったのは、絵麻さんと話し合いをしていたから。永山さんが常務室で聞いた弁護士との会話は自身のことではなく、絵麻さんのことだったのだ。

「私には接待の会食だって言ってたよね。どうして絵麻さんのこと、黙ってたの？」

「涼は不妊治療がうまくいかず苦しんでいた。そんな時に絵麻のことを知れば、精神的な負担が増す。解決の目途が立ってから話すつもりだったんだ」

しかし愁矢と絵麻さんが会っていたことが宮下にバレてしまい、激怒した宮下がまた絵麻さんを殴ろうとしたので怖くなった彼女は家を飛び出し、愁矢を頼って会社に来た。私が目撃したあの場面だ。

愁矢は絵麻さんをビジネスホテルに避難させ、顧問弁護士と共に宮下を訪ねて離婚を承諾するよう迫った。

「絵麻に対する暴行罪だけでなく、他にも法律に触れるようなことをしていた宮下は、訴えられれば確実に実刑になると弁護士に言われてかなり焦っていたよ。で、そのことを表沙汰にしないと約束してくれるなら離婚に応じると……」

その後、すぐに私に絵麻さんのことを打ち明けようとメッセージを送ったが、私は実家に戻っていて連絡がつかなくなる。

「涼と会えない間、色々考えて、絵麻のことは朝日と海道両家にちゃんと説明するべきだと思ってね。こうやって集まってもらったんだが、どういうわけか俺が浮気をして、その相手が絵麻になっていた」

「あ、あああ……」

愁矢は浮気なんてしていなかった。全て私の勝手な思い込みと早とちりによる勘違い。恥ずかしくて穴があったら入りたい気分だ。そして私の言葉を鵜呑みにして怒鳴り散らしていた両親も愁矢から視線を逸らし、気まずそうに下を向いている。そんななんとも言えない微妙な雰囲気の中、突然絵麻さんが私達に向かって深々と頭を下げた。

「私のせいで皆さんにご迷惑をお掛けしました。申し訳ありません。涼葉さん、本当にごめんなさい」

「い、いえ、絵麻さんが謝ることでは……どうぞ頭を上げてください」

そう、絵麻さんに非はない。それはここに居る全員が分かっている。だから愁矢がこれからは兄として絵麻さんを支えていくと言った時、誰も反対しなかった。すると、受け入れられたと分かった絵麻さんが嬉しそうに笑顔を見せる。そんな時だった。義父が何気なく零した言葉が波紋を呼ぶ。

「ここに呼ばれたのは、てっきり涼葉さんの妊娠報告だと思っていたんだが……残念だねぇ」

一瞬にして愁矢の表情が曇り、眉間に深いシワが寄った。

「そのことですが、もう涼にプレッシャーを掛けるようなことは言わないでください。私は子供を持つことが重要だとは思っていません。涼と穏やかに暮らしていければ、それでいいんです」

「何を言ってるんだ！　ならば、朝日家は……ソレイユ物産はどうなる？　涼葉さんには、なんとしても跡継ぎを産んでもらわないと。それが朝日家の嫁の務めだろう？」

子供を産めない私は朝日家の嫁として失格——そう言われているようで、胸を抉られるような思いだった。

堪らず目を伏せると、義母が沈んだ声でボソリと言う。

「でしたら、私はその務めを果たせなかった役立たずの嫁ということになりますね」

「なっ、そんなことは……」

義父が慌てて否定しようとするが義母はその言葉を遮り「あなたは変わってしまいましたね」と切なげに呟く。

「私に子供ができず、朝日の両親から今のように責められ、離婚もやむなしという言葉が出た時、あなたはお義父様に言ってくださいましたよね。跡継ぎを産むことができなくても妻と結婚できた自分は幸せだと。私はその言葉に救われました。そしてその言葉を支えに今まで生きてきたんです。なのに、あなたは今、義父母と同じことを言って涼葉さんを苦しめている」

「あ……」

過去の記憶が蘇ったのか、義父の顔から血の気が引いていく。

「私は涼葉さんが不妊治療をしていると知り、胸が痛みました。涼葉さんも一生懸命努力しているんです。一番辛いのは涼葉さんなんですよ」

私の気持ちを分かってくれる人が居た。それが私と愁矢の結婚を誰より反対していたお義母さんだったなんて……そう言えば、お義父さんからは子供はまだかと何度も電話攻撃があったけど、お義母さんからは、ただの一度も催促の言葉を聞いたことがない。

「涼葉さん、妻の言う通りだ。君の気持ちも考えず酷いことを言ってしまった。許してくれ」

コメツキバッタのように何度も頭を下げて詫びる義父の隣で義母が微笑んでいる。

「いえ、お義父さん、もういいんです。そしてお義母さん、有難うございます」

そう言った後で愁矢に肩を叩かれ振り返ると、父親と母親、そして絵麻さんまでもが滂沱の涙を流していた。

「皆、涼の味方だ。涼の幸せを願ってる」

「私は幸せ者だね」

有難う、愁矢。心の底からそう思うよ。

「じゃあ、そろそろ家に帰るか？」

「うん」

皆に感謝しながら愁矢と自宅マンションに帰ったのだが、それから二週間後の夕方、急に体調が悪くなる。

この感じ……卵巣が腫れて不妊治療を中断した時と同じだ。

「愁矢、明日、病院に行ってくる。多分、また治療を休むことになると思う。ごめんね」

ベッドに入ったタイミングでそう言うと、愁矢が私を強く抱き締めた。

「なあ、涼、不妊治療はもうやめないか？」

「えっ、でも……」

「いいんだ。俺は不妊治療の副作用で苦しむ涼を見るために結婚したんじゃない。涼の笑顔を一番近いところで見ていたかったから結婚したんだ」

「愁矢……」

「治療をやめても妊娠の可能性がなくなるわけじゃない。自然の流れに任せよう」

そして愁矢は、明日、自分も一緒に病院に行って治療をやめると医師に伝えると言う。でも私は翌朝になってもまだ迷っていた。本当にそれでいいんだろうかと。その迷いは病院に到着して診察室に入っても消えなかった。

「吐き気と腹部の違和感、浮腫みもありますか……また卵巣が腫れているのかもしれませんね。もしそうなら、ご主人の言うように排卵誘発剤での治療は諦めた方がいいかもしれません。とりあえず検査してみましょう」

エコーや内診、尿検査などを終えて再び愁矢と診察室に入ると、医師が「治療は終了ですね」と呟く。

治療が続けられないほど卵巣の具合が悪いのかと落胆するも、なぜか医師は白い歯を見せ笑っている。

「朝日さん、よく頑張りましたね。おめでたですよ」

おめ……でた？

その言葉が耳に入った瞬間、私は自分が現実の世界に居るのか、夢の中に居るのか分からなくなった。ただ、医師の言葉が頭の中で反響してぐるぐると回っている。

「本当に？　私、妊娠したのですか？」

「そうです。お母さんになるんですよ。よかったですね」

〝お母さん〟という言葉が真っ白だった意識にじわじわと浸透し、これは現実なのだと確信した時、愁矢が微笑みながら私のお腹を優しく撫でた。

彼の手の温もりは、きっと芽生えたばかりの小さな命にも伝わっているはず。

そう思うと幸福感でいっぱいになり、涙が溢れてくる。

「涼、おめでとう」

その一言で私の涙腺は崩壊し、愁矢に抱きついて号泣してしまった。

「愁矢も……おめでとう」

辛い時期を共に乗り越え、支えてくれた愁矢が居たからこの日を迎えられたんだよ。有難う。愁矢……本当に、有難う。

彼に肩を抱かれ病院を出ると太陽の光が一層眩しく感じられ、世界が変わったかのようだった。私達はどちらからともなく視線を合わせて微笑み合う。

「愁矢は男の子と女の子、どっちがいい？」

それは、新婚夫婦なら誰もが一度は口にするありふれた質問。でも不妊治療をしていた私には聞きたくても聞けなかった質問だった。

「うーん、やっぱり女の子かな」

「どうして？」

「涼に俺以外の男を特別な目で見て欲しくないからだ。たとえそれが息子でもな」

子供に嫉妬するなんて困ったパパだね。でも、そんな愁矢が大大大好きだよ。だから、これからもいっぱい嫉妬してね。

逞しい腕をぎゅっと握り締め、とびっきりの笑顔を愁矢に向けると彼の目が少し潤んでいるように見えた。

「涼、俺はその笑顔が見たかったんだよ」

そして翌年の初夏、私は愁矢にそっくりな可愛い男の子を出産してママになった。

出産二日後の病室で、あんなに男の子はイヤだと言っていた愁矢が我が子を抱き、愛おしそうに微笑んでいる。

陣痛がきたのは金曜日のお昼前、実家に来ていた私は両親に付き添われ病院に向かった。父親から連絡を受けた愁矢も駆けつけてくれて、陣痛で苦しむ私の腰を一晩中擦ってくれていた。そして翌日の早朝、出産に立ち会ってくれた愁矢と共にようやく息子の顔を見ることができたのだ。あの感動的な瞬間を愁矢と共有できたことが何より嬉しい。

それから愁矢は日曜日の夜まで、ずっと一緒に居てくれた。でも、愁矢と息子、親子水入らずというわけではなかった。私の両親も常に病室に居たのだ。で、愁矢が月曜日も会社を休んで私に付き添うと言うと、父親が『子供が生まれたくらいで男が会社を休むものじゃない！』と怒鳴り、愁矢を病室から追い出してしまう。

その様子を見ていた母親がボソッと呟いた言葉を聞き、笑ってしまった。

『自分は涼葉と一緒に居たくて会社を辞めたくせに』

そんな父親は既にジジバカ全開で、自分に抱かせろと愁矢から息子を奪い取る。その時、ドアをノックする音が聞こえ、義父母が弾けんばかりの笑顔で病室に入って来た。

「伯父さん、涼の出産の疲れが取れるまで見舞いは控えて欲しいと伝えたはずですが？」

「うん、でもな、どうしても孫の顔を見たくて来てしまったよ」

お義母さんは私の手を取り、優しい言葉を掛けてくれる。

「涼葉さん、ごめんなさいね。主人がどうしても病院に行くって聞かなくて。でも、母子共に元気で本当によかった。出産お疲れ様。今は無理せず、ゆっくり休んでね」

「はい、有難うございます」

笑顔で頷くと、父親とお義父さんの声が聞こえてきた。

「ほーっ、切れ長の目は愁矢にそっくりだ」

「いやいや、この凛々しい目元は平家の血を受け継いでいるからですよ」

「そんなことはない。どう見ても愁矢似です」

「バカなことを。この子のどこが愁矢似ですか？　涼葉の生まれた頃にそっくりだ。

朝日さん、目が悪いんじゃないですか？」

「なっ、目が悪いのは海道さんの方でしょ？」

孫を挟んでのバトルは延々と続き、愁矢が呆れ顔でため息をつく。

「やれやれ、現代版、源平合戦勃発って感じだな」

「だね」

平家と源氏の戦いは、令和の世でもまだ終わりそうにない。

――Ｆｉｎ

あとがき

この度は、マーマレード文庫さんからの六冊目『宿敵と発覚した離婚夫婦なのに、次期社長（元夫）から溺愛再婚を情熱的に迫られています』をお手に取っていただき、有難うございます。

跡継ぎ問題に翻弄されながらも愛を貫いた元夫婦の再会ラブ。いかがだったでしょうか？

今回は、想いを残したまま離婚したふたりに何か大きな障害と試練を……と思いまして、敵同士の家に生まれたという内容にしようと決めたのですが、その時、思いついたのが平家と源氏。

現代ものの恋愛小説にはあまり馴染まないかなぁと迷いはありましたが、私にとっては割とリアルと重なる部分がありましたので、敢えてこの設定にしました。

実は私の母方のご先祖様は平家でして（結構大人になってから知りました）今までどちらかというと源氏派だった私は「あらら……」って感じでした（ご先祖様、ごめんなさい)。

そして私もヒロインの涼葉同様、幼い頃から婿を取って家を継ぐよう言われ続けてきましたので、涼葉の気持ちがすごーく分かります。本作執筆中に涼葉のように反発していたことを思い出しました(お嫁に行きましたが)。

そんなリアルを詰め込んだ今作のカバーイラストを描いてくださったのは、亜子先生です。ラフ画を拝見した時、涼葉も愁矢もイメージ通りで驚いたのと同時に感激しました! 源平を絡めて(赤白の服)素敵に仕上げていただき、感謝しております。

同様に、もうお一方、感謝の気持ちを伝えたい方が居ます。マーマレード文庫さんの一冊目からお世話になっておりました担当さんとのお仕事が今作で最後となりました。長い間、本当に有難うございました。そして本作の制作に携わってくださった方々に心よりお礼申し上げます。出来上がった文庫を手にした時が何より幸せな瞬間です。

最後になりましたが、縁あってこちらの作品を読んでくださった読者の皆様、有難うございました。少しでも楽しんでいただけましたら幸いです。

では、またお会いできることを願って……。

沙紋みら

marmalade bunko
マーマレード文庫

宿敵と発覚した離婚夫婦なのに、次期社長（元夫）から溺愛再婚を情熱的に迫られています

2024年12月15日　第1刷発行　定価はカバーに表示してあります

著者　沙紋みら　©MIRA SAMON 2024
編集　株式会社エースクリエイター
発行人　鈴木幸辰
発行所　株式会社ハーパーコリンズ・ジャパン
東京都千代田区大手町1-5-1
電話　04-2951-2000　（注文）
0570-008091　（読者サービス係）
印刷・製本　中央精版印刷株式会社

Printed in Japan ©K.K. HarperCollins Japan 2024
ISBN-978-4-596-72008-5

m a r m a l a d e b u n k o